Ferdinand Janner

Nikolaus von Weis, Bischof von Speyer

Ein Lebensbild zunächst für das katholische Volk

Ferdinand Janner

Nikolaus von Weis, Bischof von Speyer
Ein Lebensbild zunächst für das katholische Volk

ISBN/EAN: 9783743336025

Hergestellt in Europa, USA, Kanada, Australien, Japan

Cover: Foto ©Raphael Reischuk / pixelio.de

Ferdinand Janner

Nikolaus von Weis, Bischof von Speyer

Nikolaus von Weis,
Bischof von Speyer.

Ein Lebensbild zunächst für das katholische Volk

von

Dr. Ferd. Janner,
Professor der Theologie in Regensburg.

Zweite Auflage.

Speyer.
Druck und Verlag von Ferdinand Kleeberger.
1872.

Landstuhl.	Edenkoben.	Herxheim.
Joh. Lesmeister.	St. Rast.	Nicol. Hetzler.

… Vorrede.

Es ist immer eine schwierige Aufgabe, das Bild eines großen Mannes zu entwerfen. Die Schwierigkeit liegt nicht allein darin, daß es überhaupt nicht leicht ist, große Gestalten in einem engen Rahmen vorzuführen, sondern auch darin, daß es dem Erzähler viele Mühe macht, in großartige Ideen sich hineinzudenken, das Gefundene wiederzugeben und es dem Leser in anziehender Weise mitzutheilen. Diese Schwierigkeit wird um so größer, wenn der, dessen Leben geschildert werden soll, seine Größe nicht durch äußeres, gewaltiges Auftreten errungen hat, sondern in stillem geistlichen Wirken sich seine Herrlichkeit vor Gott erwarb, wenn es also nicht irdische Heldenthaten sind, die seinen Ruhm begründen, sondern vielmehr geistige Kämpfe ihm den Lorbeerkranz um das Haupt geschlungen haben.

Ich habe diese Schwierigkeiten wohl er-

wogen, ehe ich es unternahm, in dem katho=
lischen Volke der Speyerer Diöcese das An=
denken an seinen geliebten Oberhirten Nikolaus
wieder neu aufleben zu machen, und ich gestehe
es, beinahe hätten sie mich von meinem Unter=
nehmen abgehalten.

Bischof Nikolaus war ein großer Mann,
wie eine Leuchte stand er fast ein halbes Jahr=
hundert in der katholischen Kirche Bayerns
und Deutschlands; seine rastlose Thätigkeit um=
spannte nicht den engen Raum seiner Diöcese
allein, er wirkte nicht blos dort, wo die Pflicht
des von Gott geordneten Hirten es erheischte,
nein — durch Rath und Beihilfe, durch Er=
munterung und Theilnahme, durch Gebet,
durch Wort, durch Schrift, durch Beispiel wirkte
er über ganz Deutschland, ja selbst über die
Grenzen Deutschlands hinaus. Dabei war in
seiner Diöcese seine Thätigkeit eine unendlich
vielgestaltige. Die Sorge für die Armen, die
Kranken, die Nothleidenden, die Thätigkeit
für den Unterricht, für den Gottesdienst, für

die Erziehung der Geistlichen, der Eifer für Hebung des religiösen Sinnes — kurz alles, was nur einigermaßen Gegenstand seiner Hirtensorge sein konnte, das beschäftigte ihn und nicht kurze Zeit, nicht einige Jahre blos, sondern eine lange, lange Reihe von Jahren.

Wie schwer ist's, solche Bilder in kurzen Zügen zu entwerfen! Doch meine unbegränzte Liebe zu dem Hochseligen, die Anhänglichkeit seiner ehemaligen Diöcesanen ließen mich die Schwierigkeiten überwinden und rüstig an's Werk gehen. Zudem kann ich ja sicher auf die Nachsicht meiner Leser rechnen. Es wird freilich gar mancher von ihnen Vieles auszusetzen wissen; der Eine wird dieß nicht erwähnt finden, der Andere jenes; der Eine wird dieß für zu weitläufig erzählt halten, anderes wieder für zu kurz abgemacht — nun, es ist gut, ich trage gerne den Tadel für die Unvollkommenheit meines Schriftchens; möge sie nur der Leser mir allein entgelten lassen und nicht den Gefühlen der Bewunderung und Liebe, die der Leser bestimmt mit mir für den guten, lieben Bischof Nikolaus theilt.

Ehe ich meine Schilderung beginne, bemerke ich noch, daß alle geschichtlichen Daten und Züge, die ich nicht aus dem Munde des hochwürdigsten Bischof Nikolaus selbst oder durch eigene Anschauung kennen lernte, dem ausgezeichneten Werke des Herrn Domkapitulars Dr. Franz Remling über den hochseligen Herrn, (welches Werk ich meinen gebildeten Lesern hiemit auf's Angelegentlichste empfehlen möchte) und dem Nekrologe im „Katholik" entnommen sind.

Der Verfasser.

I.
Die Jugendjahre des Bischof Nikolaus.

Nikolaus Weis wurde am 8. März 1796 auf dem Schönhofe bei Rimlingen geboren. Seine Eltern Martin Weis und Maria Magdalena Ries wohnten vorher, wenig bemittelt zu Altheim an der Bickenalb bei Zweibrücken. Sie verließen diesen Ort zumeist wegen geringer Vermögensverhältnisse und Martin Weis trat bei dem mennonitischen Gutspächter des Schönhofes Christian Gruber als Schäfer in Dienst. Ringsum fanden sich damals nur französische Geistliche, welche den vom heil. Vater verbotenen Constitutionseid geschworen hatten, weßhalb der religiöse Sinn der Eltern dem jungen Nikolaus nicht hier, sondern in Niedergailbach das heilige Sakrament der Taufe spenden ließ.

Noch drei Kinder folgten auf unsern

Nikolaus, Maria Anna, die wohlbekannte Haushälterin des hochwürdigsten Herrn, geboren am 27. November 1794, vor wenigen Tagen erst gestorben, am 5. September 1871, dann Johann Nikolaus und Matthias. Letzterer schied noch als kleines Kind aus diesem Leben, während Johann Nikolaus sich auf Veranlassen seines Bruders später dem Studium widmete und am 5. Juni 1865 zu Landau als Studienlehrer starb. Ich selbst erwies ihm im feierlichen Begräbnisse die letzten kirchlichen Ehren und Segnungen.

Dem Vater unseres Nikolaus war es nicht gegönnt, die schönen Anlagen seines Sohnes sich entwickeln zu sehen, noch viel weniger ihn als Priester Gottes am Altare zu schauen, denn schon im Jahre 1802, erst 36 Jahre alt starb er, ein Opfer seiner Berufstreue in Folge einer Verkältung. Er wurde zu Habkirchen begraben, woselbst ein Leichenstein seine Grabstätte ziert.

In Folge dieses Todesfalles war für die mit Glücksgütern sehr wenig bedachte Mutter kein Bleiben mehr auf dem Schönhofe. Sie zog nach ihrer Heimathsgemeinde Altheim zurück, mit Handarbeit kümmerlich sich und die

Ihrigen ernährend, denn nur geringe Beihilfe vermochten der trauervollen Mutter die zarten Hände des Nikolaus und der Maria Anna zu leisten.

So aufgeweckten und heiteren Temperamentes Nikolaus auch war (und er behielt diese Gabe Gottes sein Leben lang), so litt darunter doch nicht sein Fleiß und sein liebevolles, braves Gemüth. Die Mutter würde wohl nie daran gedacht haben, auch nie haben denken können, wie dieser Knabe, so lieb und so fleißig, von Gott auf einen der ersten Kirchenstühle Deutschlands berufen sei, sie hätte in ihrer Kümmerlichkeit den Knaben wohl für rein irdische, weltliche Beschäftigung bestimmt. Doch die Wege Gottes sind wunderbar.

Der Förster der Gemeinde Altheim, Franz Georg Foliot, erkannte die trefflichen Anlagen des Knaben und durch seine Vermittlung wurde Nikolaus dem Schullehrer Firmery von Altheim übergeben, damit dieser ihm die ersten Anfangsgründe der lateinischen Sprache beibringe zugleich mit dem Sohne des Försters, dem spätern Domdechant Foliot. Zwei Jahre später (1808) zog der Knabe in das nahe Dorf Niedergailbach, wo der Pfarrer Axtmann

die weitere Ausbildung besorgte. Die im Tag=
lohn und durch Spinnen mit saurer Mühe
erworbenen Kreuzer der Mutter und Almosen
bemittelter Leute deckten die nothwendigen
Auslagen. Dabei aber vergalt der Knabe
durch Handarbeit auf dem Felde seinen Wohl=
thätern, soweit es seine schwachen Kräfte zu=
ließen.

Ein Vorkommniß in jener Zeit scheint mir
schon damals so recht angedeutet zu haben,
welch' außerordentliche Pläne die göttliche
Vorsehung mit dem jungen Schüler hatte.

Im Sommer des Jahres 1808 erschien
der Diöcesanbischof Joseph Ludwig Colmar
von Mainz auch in Medelsheim, das heilige
Sakrament der Firmung zu ertheilen. Pfarrer
Artmann führte mit den übrigen Firmlingen
seiner Gemeinde auch die von ihm unterrichte=
ten Lateinschüler dahin, damit sie die Salbung
des Heiles empfingen. Dieselben wurden,
nachdem der Oberhirte*) das Mittagsmahl
genommen hatte, im Garten des dortigen
Dechanten, von ihrem geistlichen Lehrer und
ihren Eltern dem Bischofe vorgestellt. Mit

---

*) Bischof Colmar regierte damals die jetzigen Diö=
cesen Mainz und Speyer.

gewohnter Freundlichkeit und sichtlicher Freude musterte der fromme Bischof die Schüler und ermunterte sie alle zur Frömmigkeit und zum Fleiße. Während er zum Abschiede Eltern und Schüler segnete, nahm er einen der Schüler, umarmte und küßte ihn und das war Nikolaus Weis, der später sein Nachfolger im Hirtenamte der Diöcese Speyer werden sollte.

Im Jahre 1809 verlor Pfarrer Artmann seine Stelle und wieder war es der Förster Foliot, der sich des Kleinen annahm und ihn bei seinem Bruder, dem Pfarrer Foliot in Ormersweiler unterbrachte. Dortselbst wurde der Knabe unter vielen Beschwerden und Verlegenheiten weiter gebildet bis zum Herbste des Jahres 1811.

II.
Studien des jungen Weis.

In Folge der aufgeklärten und gewaltthätigen Angriffe auf die kirchlichen Schulen, Stifter und Klöster, waren die Bischöfe Deutschlands im Anfange dieses Jahrhunderts genöthigt, durch eigenen Fleiß und Opferwilligkeit jene Schulen wieder zu errichten, die nöthig waren, um einen christlichgesinnten Clerus heranzubilden. Auch Bischof Colmar hatte mit seiner unermüdlichen Sorgfalt in den Räumen seines Clerikalseminars zu Mainz neben der theologischen Anstalt jene Klassen eingerichtet, die jetzt unter dem Namen Gymnasium und philosophische Fakultät zusammengefaßt werden.

Zu dieser Anstalt zogen denn nun Alle, welche dem geistlichen Stande sich widmen und einen christlichen Unterricht genießen wollten, darum auch unser Nikolaus Weis. Im Herbste 1811 bestand er die Prüfung in der Rhetorik und wurde wegen seiner Mittellosigkeit durch seinen Lehrer Leopold Bruno Liebermann bei einem mildthätigen Seilermeister untergebracht, welcher im Verein mit andern Wohlthätern es dem jungen Nikolaus möglich machte, von jetzt an nicht mehr die sauer erworbenen Pfennige seiner Mutter und Schwester zum Unterhalt beanspruchen zu müssen. Weis rühmte später oft die Mildthätigkeit der Mainzer und ich glaube, seine Vorliebe für Mainz und seine Katholiken hat wohl hier ihre ersten

Wurzeln erhalten. Er sprach immer gerne vom guten Mainz.

Wie zu jeder Zeit, waren die geistlichen Schulen auch damals den Aufgeklärten und Religionslosen ein Dorn im Auge. Sonderbar! Eine geistliche Schule braucht blos nicht unterdrückt zu werden, alsdann blüht sie auch schon und erhält reichlichen Zulauf; dagegen eine staatliche Schule muß immer gehoben, immer unterstützt, stets aus neuen geistigen und materiellen Hilfsquellen begossen werden, wenn sie nicht bald möglichst in heillosen Ruin verfallen soll. Woher das? Sollte etwa gar dadurch evident gezeigt werden, wem eigentlich die Erziehung von Rechtswegen gebührt?

Doch schweifen wir nicht ab. Durch kaiserliches Dekret vom 15. Nov. 1811 mußten die Zöglinge der bischöflichen Anstalt das kaiserliche Lyceum zu Mainz besuchen, wo in französischer Sprache meist von abtrünnigen Priestern die philosophischen u. s. w. Disciplinen gegeben wurden — ihnen, die Deutsche waren und zum größten Theil nur schlecht französisch verstanden. Wäre die Nachhilfe im bischöflichen Seminar nicht gewesen, so würden

Viele, auch Weis, nur äußerst geringen Nutzen gezogen haben.

Im Wintersemester 1813 wurde unser Nikolaus in's Clerikalseminar aufgenommen. Dieses Glück ward aber sehr bald getrübt und Weis mit vielen seiner Studiengenossen der größten Verlegenheit, ja der höchsten Lebensgefahr ausgesetzt. Am 18. October fand jene blutige Schlacht statt, welche man die Völkerschlacht bei Leipzig nennt, jenes Ereigniß, das leicht die Begründung einer neuen, viel besseren Zukunft hätte sein können.

Am 29. und 30. desselben Monats war der letzte Kampf gegen Napoleon, die Geißel Gottes, auf deutschem Boden. Tausend und abermal tausend verwundete, verstümmelte, ächzende, kranke, sterbende Krieger aller Waffengattungen zogen den Main herab gegen Mainz, hier Hilfe suchend, die aber leider nur zu bald den Unglücklichen nicht mehr in ausreichender Weise geleistet werden konnte. Die Kirchen waren angefüllt, die Lazarethe überfüllt, die Häuser angepfropft, auf allen Höfen, in den Ställen und Speichern lagen Verwundete, selbst die Winkel der Gassen waren von ihnen bedeckt. Was war natürlicher und

zugleich schreckenvoller, als daß jetzt der Spital=
typhus in nie geschauter Weise ausbrach.
Soldaten und Bürger, Geistliche und Hand=
werker unterlagen dem gierig um sich fressen=
den Ungethüm — 30,000 starben als Opfer
der Krankheit.

Bei der unverantwortlichsten Nachlässigkeit
der Militärbehörde blieb die Pflege dieser
Armen und Unglücklichen dem christlichen Er=
barmen der Bürger überlassen. Um diese zum
frommen Gotteswerke und zu heiliger Nächsten=
liebe anzufeuern, stellte sich der große Bischof
Colmar mit seiner Geistlichkeit, mit den Lehrern
und Zöglingen seines Seminars an die Spitze
der Helfer und Pfleger in dieser großen Noth.
Aus allen Winkeln wurden die mit namen=
losem Elende und dem Schrecken des Todes
Ringenden hervorgesucht, in Decken gehüllt,
ihnen die nothwendigen Speisen und Ge=
tränke gebracht, den Halbverschmachteten Wein,
Wasser, Fleischsuppe, Arznei eingeträufelt, die
Jammernden getröstet, mit den Sterbenden
gebetet, die Todten wurden weggetragen —
kurz Colmar, sein Clerus und seine Zöglinge
waren Geister geworden der ersten apostolischen
Zeit. An diesem heroischen Wettkampfe nahm

auch Weis, als Zögling des Clerikalseminars, den unerschrockensten und unermüdlichsten Antheil.

Hier, bei diesem ebenso traurigen als unvergeßlichen Liebesdienste, war es, wo er mit seinem Mitalumnus, dem edlen Andreas Räß aus Sigolsheim im Elsaß (dem jetzigen Heldenbischofe von Straßburg) die innigste und unverbrüchlichste Freundschaft schloß. Es war ein eigenthümliches Fundament, ein eigenthümliches Bindeglied zwischen diesen beiden majestätischen Seelen: sie trugen gewöhnlich die im Seminar bereiteten Speisen den Hungernden gemeinschaftlich in einem mächtigen Gefäße mittelst einer Tragstange entgegen und vertheilten unter sie die Gabe der Barmherzigkeit. Nicht immer wurde ihnen dieser Samariterdienst mit Dank vergolten und gar nicht so selten erhielten sie Schimpfnamen wegen ihrer schwarzen Kleidung, obwohl im anstrengenden und gefährlichen Dienste der Nächstenliebe thätig. Ging es nicht 1866 und 1870 mit den barmherzigen Schwestern ebenso? Allein weder Gefahr, noch Unannehmlichkeit vermochte die beiden edlen Candidaten der Theologie von ihrer aufopfernden Thätigkeit abzuhalten.

Gewiß gilt das hohe Zeugniß, welches Bischof Colmar, zu den Mainzern sprechend, von seinen Zöglingen ablegte, auch von unsern zwei kirchenfürstlichen Dioskuren, Räß und Weis: „Allenthalben habt ihr die Zöglinge unserer geistlichen Schulen und unseres Seminars erblickt, die zeigend, was das Priesterthum, zu dem sie sich vorbereiteten, in Zukunft von ihnen sich versprechen dürfe, sich die mühevollsten und ekelhaftesten Verrichtungen einander streitig machten. Mitten unter ihnen waren ihre ehrwürdigen Vorsteher und Lehrer, die, unterstützt von einigen andern frommen Priestern, himmlische Tröstungen in alle Herzen ausgossen, indem sie die tapfern Krieger unterrichteten, wie sie ihre Leiden heiligen könnten und indem sie dieselben von den Belohnungen unterhielten, die Gott allein geben und die er denjenigen nicht verweigern kann, die leiden und sterben, weil sie die Pflicht ihres Berufes erfüllt haben. Alle Zöglinge und Vorsteher berechneten nie die Arbeit, die schon gethan war, sondern sahen nur auf das, was noch zu thun übrig blieb. Sie vergaßen, daß sie auch einen Körper hatten, um sich nur des Ausspruches Jesu zu erinnern, welcher sagt, daß der gute Hirt sein Leben für seine Schafe hingebe. Sie priesen sich endlich glück= lich, wann sie der Last unterlagen oder von der Krankheit sich ergriffen fühlten, mehr als ein Held sich glücklich preist, der mit Ruhm bedeckt, auf dem Felde der Ehre niedersinkt."

Viele Zöglinge des Clerikalseminars wur= den von dem Typhus, der unter den Ver= wundeten so schreckliche Verheerungen anrich= tete, ergriffen. Auch Weis erkrankte Mitte November. Dabei überfiel ihn eine Art Heim= weh. Natürlich, Gott wollte den Jüngling nicht auf dem Kampfplatz der Nächstenliebe erliegen lassen, sondern für Großes und Er= habenes war er aufbewahrt. Der Vorstand des Seminars konnte um so weniger den dringenden Bitten des kranken Zöglings ent= gegentreten, den die Sehnsucht nach der Mut= ter verzehrte, als bereits die noch gefahrvollere und bedrängnißreichere Zeit einer Belagerung die Stadt Mainz bedrohte. Die Reise nach Haus war das sichtbarste Zeichen der Auserwählung durch den Allerhöchsten. Bischof Weis selbst sah es von diesem Gesichtspunkte an, was e mir gegenüber einmal aussprach. „Der lieb Gott hat es damals nicht gewollt, daß i sterbe, und ich weiß nicht, ich wäre damals so leicht gestorben!" fügte er demüthig hinzu.

Mitte November bei rauher, naßkalter Witterung fuhr er mit einigen Kameraden, worunter Foliot, Firmery, krank auf einem Fruchtwagen von Mainz ab und kam bis Niederolm. Die Barmherzigkeit eines Kohlenfuhrmannes gönnte ihm am zweiten Tage ein Plätzchen auf dessen Wagen bis Kaiserslautern. Von da ging er nach Queidersbach in das elterliche Haus eines Freundes und Studiengenossen. Von Queidersbach ritt er, durchglüht vom Typhus, mehr liegend als sitzend auf dem von der Schwester dieses seines Freundes geführten Pferde über die Sickinger Höhe nach Martinshöhe, wo sein alter Gönner Foliot jetzt Förster war. Foliot bestellte für den fieberkranken Weis ein Gefährte nach Zweibrücken, wo ein Arzt ihm die Gefährlichkeit seines Zustandes nicht verhehlte und ihm Arznei gab. In einen vom Kaufmann Chanton in Zweibrücken entlehnten Mantel gehüllt, klopfte der sterbenskranke Sohn, nach einer so bedenklichen Reise, die Medizin in der Tasche, todtenbleich, unerwartet, an der Thüre der kleinen mütterlichen Wohnung zu Altheim, mit dem einzigen Wunsche, in ihren Armen bei seinen Geschwisterten ruhig zu sterben.

Der Kranke fiel bald in die höchste Fieberhitze, die ihm auf längere Zeit das Bewußtsein raubte. In einer vermeintlich hellen Stunde wurde er mit den heiligen Sterbsakramenten versehen. Nach mehrwöchentlichem Krankenlager, unter der sorgsamen Pflege der Mutter und Schwester, die oft nach Zweibrücken eilte, um dem kranken Bruder die Arzneimittel herbeizuholen, wurde der gute Nikolaus Weis endlich wieder hergestellt.

Freilich konnte er nicht gleich wieder nach Mainz zurückkehren, denn noch immer tobte der Krieg zwischen Frankreich und den verbündeten Mächten.

Am 3. Januar 1814 ward Mainz in Belagerungszustand erklärt, die Schulen wurden geschlossen, die Stadt belagert und am 4. Mai den Deutschen übergeben. Sogleich suchte Colmar seine Zöglinge wieder zu sammeln; die geistlichen Schulen wurden wieder eröffnet, leider aber konnten wegen des durch den Krieg und die Belagerung im Seminar entstandenen Nothstandes nicht alle Zöglinge in das Justi=

tut aufgenommen werden. Weis fand bei seinem früheren Wohlthäter, dem Seiler Debisar gastliche Unterkunft.

Bei Beginn des nächsten Schuljahres zog unser Studirender in das Seminar, die theologischen Studien zu beginnen, zu gleicher Zeit aber mußte er die Lehrstelle der untersten Vorbereitungsklasse versehen, eine schwierige Aufgabe, aber zugleich ein Beweis, wie sehr sein Vorstand, der berühmte Liebermann, die jugendliche Kraft des angehenden Theologen zu schätzen wußte. Im theologischen Studium fortschreitend, stieg er als junger Professor auch alljährlich mit seinen kleinen Zöglingen in die nächst höhere Klasse auf.

Am 10. und 11. August 1818 bestand Weis seine öffentliche Prüfungsdisputation aus den theologischen Fächern zugleich mit dem nachmaligen Cardinal Geissel von Köln, seinem Mitschüler und pfälzischen Landsmann aus Gimmeldingen.

Am 22. August 1818 endlich erhielt er die Priesterweihe in der Seminarkirche und so trat er ein in die Zahl der Arbeiter im Weinberge des Herrn, deren Zierde und hervorragende Leuchte er ein volles halbes Jahrhundert sein sollte. Er hatte jetzt erreicht, was seine Seele so heiß verlangt, was seine fromme

Mutter und Schwester mit reichlichen Gebeten von Gott erfleht hatten.

III.
Weis als Priester.

Als Weis Priester geworden, wurde er nicht unmittelbar in der Seelsorge verwendet, sondern hatte nach dem Wunsche seiner Vorgesetzten seine Lehrkanzel beibehalten. Großer Eifer und bedeutende Strenge in der Erziehung leiteten den jungen Lehrer, so daß manche seiner damaligen Schüler, wie Dompropst Busch, Domdechant Weiß, Domkapitular Remling sich nicht ohne Heiterkeit der zu jener Zeit in der Schule überstandenen Leiden erinnern.

Neben dieser lehrmeisterlichen Thätigkeit vergaß er aber auch nicht des priesterlichen Characters, den ihm Gott verliehen, darum half er überall in der Seelsorge aus, predigte fleißig und tröstete im heiligen Bußgerichte die reuigen Sünder.

Gerade in diese Zeit fällt auch ein Ereigniß, das unbedeutend schien in seinem Entstehen, gleichwohl aber folgenschwer war für die katholische Kirche von Deutschland, ja ich möchte sagen von Europa. Ich meine den Entschluß, eine wissenschaftliche und practische Zeitschrift für das katholische Deutschland herauszugeben. In unserer jetzigen Zeit ist es kaum mehr begreiflich, welche Opferwilligkeit einerseits, welche Ausdauer und man kann sagen, welcher Heroismus anderseits zu solchem Entschlusse und dessen Durchführung nothwendig war. Ich stehe nicht an, zu sagen, hätten Weis und Räß nichts Anderes geleistet, als diese Zeitschrift, die „Katholik" genannt, jetzt noch besteht, zu begründen, wir müßten sie beide als Wohlthäter der katholischen Kirche Deutschlands preisen.

Die meisten meiner Leser erlassen mir die nähere Besprechung der Thatsache. Um jedoch einigermaßen begreiflich zu machen, was es Großes um diese Sache war, führe ich nur Einiges an. Die Protestanten hatten eben das 300jährige Jubiläum der Stiftung der Reformation gefeiert, und wie wenn in einen Sumpf ein mächtiger Stein geschleudert wird und dadurch nicht blos schäumende Gischt emporfährt, sondern auch die Miasmen der Fäulniß und das Gequacke des sumpfbewohnenden Ungeziefers Geruch und Gehör beleidigen, geradeſo erſchien um dieſe Zeit eine Fluth von ſinn- und geiſtverwirrenden Schriften, Lobhudeleien auf vorgebliche Geiſtesfreiheit und Pamphleten auf alles, was katholiſch heißt. Man glaubte den Geiſt Luthers und der Reformation, jenen feindſeligen, verzerrenden Dämon des Haſſes gegen alles Katholiſche neu erſtehen zu ſehen — nicht ſo faſt unter dem proteſt. Volke, das nie ſo recht eine Freude hat am Haſſe und am Skandale, als vielmehr unter den Schriftſtellern, die im Haſſe Ruhm zu ernten hofften.

Die Literatur war terroriſirt von dieſen Leuten. Und bei den Katholiken? Die Freimaurer, die alten Illuminaten, moraliſch bankerott gewordene Ex-Mönche, Ungläubige, Atheiſten, Rationaliſten u. ſ. w. hatten alle Lehrſtühle beſetzt, von einem Anſchluß an die geoffenbarte Lehre, von einem Beugen unter kirchliche Dekrete nur in ſeltenen Ausnahmen eine Spur.

Dieſen Angriffen gegenüber einen Damm zu ſetzen, die giftigen Pfeile zurückzuwerfen, den Gutgeſinnten einen Halt zu verleihen, das Gift des Unglaubens zu bannen, — das war der Grundgedanke, der unſere zwei katholiſchen Helden beſeelte und nur der Allwiſſende allein kennt vollſtändig den Nutzen, den ſie durch ihre Thätigkeit der Kirche leisteten. Es war ein großartiger Gedanke, eingegeben von dem, der seiner Kirche seinen Beistand verheißen hat bis an's Ende der Welt.

Indeß nicht die katholische Wissenschaft allein war es, die unsere zwei Dioskuren auf dem Kampfplatz beschäftigte, auch die ascetische Seite des christlichen Lebens zu befördern, waren sie bemüht. Eine Unzahl solcher Schriften entfloß ihrer Feder im Laufe der Jahre, bestimmt, die Liebe zum Guten durch Vorführung der idealen Beispiele der Heiligen neu zu entflammen, die richtige Auffassung in manchen Dingen, wie z. B. bezüglich der gemischten Ehen, wieder herzustellen, die Priester durch Vorlegung gediegener Predigtwerke herauszureißen aus dem Geflunker moralisirender und phrasendreschender Wortklingelei. Es war eine staunenswerthe, bewunderungswürdige Thätigkeit, die dahin führte, daß es kaum möglich ist, in Deutschland das Wort „Räß" zu hören, ohne nicht unmittelbar im Geiste oder mündlich hinzusetzen „und Weis."

Hier will ich eine Anekdote einflechten, die mir einmal der hochwürdigste Herr Bischof Räß von Straßburg erzählte, und die sich auf das so eben Erzählte bezieht. Bei Gelegenheit der Canonisation der japanesischen Martyrer im Jahre 1862 befand sich Bischof Räß in der Peterskirche und unterhielt sich mit einigen Prälaten bei der Besichtigung dieses herrlichen Tempels. Da er eben Deutsch sprach, trat ein Bischof aus Ungarn zu ihm und sagte: „Ah, Monseigneur, Sie sind aus Deutschland?" „Doch nicht" antwortete der gute Bischof Räß, „ich bin der Bischof von Straßburg." „Ach wie schön" fiel der ungarische Prälat ein, „daß ich Sie kennen lerne, Sie sind Räß und Weis!" Heiter scherzend, wie er ist, entgegnete Bischof Räß: „Verzeihen Sie, hochwürdigster Herr! ich bin blos die Hälfte davon, dort vorne ist die andere Hälfte." Und er wies hin auf Bischof Weis, der in der Nähe stand.

Doch fahren wir fort in der Lebensskizze unseres hochseligen Bischofes Weis.

Das Professorenthum, die schriftstellerische Thätigkeit griffen schließlich die Gesundheit des jungen Lehrers an und er bat um eine Verwendung in der Seelsorge. In Folge dessen wurde er vom Bisthumsverweser Humann am 10. Juli 1820 auf die Pfarrei Dudenhofen bei Speyer ernannt. Die Vorsehung wollte ihn vorerst dem Schauplatze seiner späteren segensreichen Wirksamkeit näher rücken.

Die mäßigen Berufsarbeiten auf dem neuen Posten, die milde und gesunde Umgebung seines Wirkungskreises, die besorgte Pflege der Mutter und Schwester, die er zu sich nahm, stärkten bald die Gesundheit des 24jährigen Pfarrers in so hohem Grade, daß er nicht nur alle Obliegenheiten seines Amtes mit Pünktlichkeit und Ausdauer erfüllen konnte, sondern auch die ausgedehnten literarischen Arbeiten, von denen ich eben sprach, unternehmen und weiter führen konnte. Unmittelbar jetzt erschien das erste Heft des „Katholik", (Januar 1821 bei Miller in Mainz).

Sowohl aus den nun fleißig und freudig besuchten Schulen, als aus den vollgedrängten Stühlen der Kirche, sowohl aus der ruhigen und friedlichen Stille auf den Straßen des Dorfes während der Nachtszeit, als aus dem verminderten Lärm in den Wirthshäusern und aus den selten gewordenen Raufhändeln bei Tanzbelustigungen, sowohl aus dem häufig gewordenen Empfange der heiligen Sacramente, als aus dem immer mehr sich hebenden bürgerlichen Frieden unter den Dudenhofenern konnte man sehr bald das eifrige und umsichtige Wirken des jungen Seelsorgers, die von Gott gesegnete Thätigkeit des liebevollen Priesters erkennen. Er suchte nicht nur durch Andacht am Altare, durch Eifer auf der Kanzel, durch Unermüdlichkeit in der Christenlehre, durch erbauliche Spendung der kirchlichen Gnadenmittel, durch fleißigen Besuch der Kranken und Sterbenden seine Pfarrkinder zu lehren, zu führen, zu versorgen, sondern schon sein ganzer Wandel war ein leuchtendes Muster eines guten Hirten. Glaube mit Wissenschaft, Fleiß mit Geduld, Eifer mit Liebe, Ordnung mit Zucht des Lebens vereinend, stellte er an sich ein Muster und Beispiel dar für das, was er an Anderen gründete, baute und fortbildete.

Solche Thätigkeit, solches Leben verdienten auf den Leuchter gestellt zu werden und schon nach zwei Jahren wurde Weis, zugleich mit seinem Freunde Geissel zum Domkapitular in Speyer ernannt (Juli 1822).

Was Nikolaus Weis später als Bischof sein werde, das konnte man unschwer ersehen aus dem, was er war als Domkapitular. Er war in der Sitzung des Ordinariats ein kräftiger, überzeugungstreuer Vertreter des kirch=

lichen Rechtes, ein starker Kämpfer gegen jeg=
liche Unterdrückung, ein treuer Freund aller
wackeren und eifrigen Priester, ein liebevoller
Warner jener, die nachlässig waren in ihrer
Pflichterfüllung, ein Feind aller Halbheit, sei
es bei denen die höher, sei es bei denen, die
niederer standen als er. Er war als geistlicher
Rath der Sammelpunkt aller wissenschaftlich
strebsamen Geistlichen, bei ihm war das Ab=
steigequartier aller Braven nicht blos der Diö=
cese, sondern aller Koryphäen des damals und
unter seiner Beihülfe aufblühenden Katholicis=
mus in Deutschland, Frankreich und Belgien.
Dieß gilt nicht blos für die Geistlichen, sondern
auch Laien, ausgezeichnet durch Gelehrsamkeit
und Glaubenszeifer, kamen aus allen Gauen
des Vaterlandes mit Empfehlungen zu ihm
und fanden freundliche Aufnahme nicht Tage
lang, sondern selbst Monate lang in der un=
eigennützigsten, aufopferndsten Weise. Oft
reichte die eigene Wohnung nicht aus, den
Gästen auch das Nachtlager zu gewähren. Für
diesen Fall war übrigens bereits ein für alle
Mal mit einem benachbarten Wirthe Abrede
getroffen. — Auf diese Weise kam es, daß
wohl kein einziger bedeutender Katholik in

Deutschland zu jener Zeit zu finden war, der
nicht das eine oder andere Mal bei Weis in
Speyer zugesprochen hatte.

Dazu kam das regelmäßige Abendkränz=
chen, das länger als zwanzig Jahre bei ihm
an bestimmten Tagen abgehalten wurde. Theils
in heiterer Unterhaltung, theils unter wissen=
schaftlicher Besprechung wurden bei einem Gläs=
chen guten Pfälzer Weines, den er stets und
mit Recht jedem andern vorzog, die Ereignisse
des Tages in Kirche und Staat behandelt und
es ist gar nicht abzusehen, wie viele gute Ent=
schlüsse hier gefaßt, wie viele Pläne hier ge=
macht wurden — zum Wohle der Diöcese, der
Kirche, zur Hebung des katholischen Lebens,
der katholischen Wissenschaft.

Nur ungerechtfertigtes und zum Theil
schuldbewußtes Mißtrauen konnte in dem Zu=
sammenhalt dieser treuen Freunde Mißliebiges
entdecken und damit Unzufriedenheit empfinden.
Bischof Chandelle fand den jungen Kanonikus
zu katholisch, die Regierung von Speyer
fürchtete ihn als Erzultramontanen, Bischof
Manl war eifersüchtig auf seinen Einfluß bei
den Geistlichen. Unbeirrt aber von allen diesen
kleinlichen und verwerflichen Nergeleien fuhr

Weis fort, in Unterredung und in Zeitschriften, in Umgang und Predigt, in Seelsorge und wissenschaftlicher Thätigkeit zu wirken für Gottes Ehre und das Wohl der katholischen Kirche.

Freundlicher wurden die Verhältnisse unter Bischof Peter Richarz. Dieser überwand bald die Vorurtheile, welche ihm von Bischof Manl, der unzufrieden mit seiner Stellung den Hirtenstab von Eichstädt verlangt hatte, gegen Geissel und Weis beigebracht worden waren. In Kurzem wurden beide die vertrautesten Räthe und Freunde des neuen Bischofes. Die Hochachtung Richarz' gegen Weis ging so weit, daß, als er nach Augsburg als Bischof versetzt wurde, er diesen dem König Ludwig als seinen Nachfolger empfahl. Als Weis den Plan seines Gönners und Freundes erfuhr, bewog er diesen, dafür den Domdechant Geissel vorzuschlagen. So wurde Geissel Bischof (20. September 1836), Weis aber am 14. September 1837 Domdechant. Jetzt vergalt Weis dem Sohne seines alten Wohlthäters Foliot, dem Dechant Martin Foliot von Kaiserslautern die vom Vater empfangenen Gutthaten. Diesem wurde nämlich auf Weis' Empfehlung die erledigte Canonikusstelle zu Theil.

Durch die Erhebung Geissels auf den Speyerer Bischofsstuhl wurde das innige Freundschaftsverhältniß zwischen den beiden Freunden nicht gestört, im Gegentheil eher noch inniger. Man kann sagen, Weis regierte ebenso gut die Diöcese als Geissel selbst, denn dieser that nichts von Bedeutung, ohne nicht auch mit Weis gesprochen zu haben. Daher kam es denn, daß, als Geissel als Coadjutor nach Köln kam, er diesem seinem Freunde die Leitung der Diöcese als Generalvikar (22. November 1841) übertrug, wohl wissend, daß nach seiner völligen Trennung von Speyer der Hirtenstab dieses Bisthums unserm lieben Weis zugedacht sei.

Schon als Bischof von Geissel am Anfange des Jahres 1842 zu Berlin weilte, um die Angelegenheit bezüglich des Kölner Erzbisthums in's Reine zu bringen, erhielt er aus den Händen des dort eingetroffenen Kronprinzen Maximilian von Bayern ein Schreiben des Königs Ludwig, worin dieser ihm seine Kunde über das verdienstvolle Vereinigungs-Werk der Kölner Wirren aussprach und es ihm dabei huldvollst überließ, ihm den gewünschten Nachfolger auf dem bischöflichen Stuhle zu Speyer bezeichnen zu wollen, den er dann auch mit vollem Vertrauen ernennen werde. Geissel machte aus dieser königlichen Eröffnung seinem Freunde Weis gegenüber gar kein Geheimniß und dieser zeigte sich wirklich auch geneigt, den Hirtenstab des Bisthums Speyer zu übernehmen. Geissel empfahl darum seinem königlichen Freunde den Domdechant und Generalvikar, seinen alten Studiengenossen Weis als Bischof und Nachfolger.

Da Weis durch seine literarische Thätigkeit im „Katholik" und als Referent in Sachen des Simultaneums mehrfach mit den Anschauungen der Pfälzer Kreisregierung in Collision gekommen war, so glaubte der damalige Präsident der Rheinpfalz, Fürst Eugen von Wrede, alsogleich nach München berichten und wegen der streng kirchlichen Richtung Seiner Majestät dießbezügliche Bedenken vorlegen zu müssen. Aber König Ludwig I., der stets die Absicht hatte, große Hirten den Diöcesen zu geben, vertraute der Hochherzigkeit und Loyalität des Coadjutors Geissel und ernannte am 27. Februar 1842 den Domdechant Nikolaus Weis zum Bischof der Diöcese Speyer. Papst Gregor XVI. präconisirte ihn am 23. Mai und am 10. Juli 1842 erhielt er in München die bischöfliche Weihe durch den Erzbischof Gebsattel unter Assistenz der Bischöfe Karl August Reisach von Eichstädt und Heinrich Hofstätter von Passau. Damit war das Glück der Diöcese für mehr als ein Vierteljahrhundert begründet, und dem Bisthum ein Hirte gegeben, wie er sein sollte nach dem Herzen Gottes — ein Lehrer der Gläubigen, ein Hort des Rechtes, ein Nachfolger der Apostel.

IV.
Weis als Bischof.

Am 19. Juli Abends und früh am folgenden Tage verkündete das majestätische Geläute des alten Kaiserdoms die freudige Festlichkeit des herannahenden Bischofs, der über Heidelberg kommend, gegen 9 Uhr eintraf und an der Seminarkirche abstieg, um dort vor dem Allerheiligsten betend, bis zur feierlichen Einführung in seine ehrwürdige Kathedrale abzuwarten.

Indeß hatte das Geläute des Domes die aus allen Theilen der Pfalz zahlreich eingetroffenen Geistlichen und Laien zum feierlichen

Hochamte versammelt. Nachdem hier die Ge=
bete für den Gesalbten des Herrn und für die
ihm anvertraute Heerde beendet waren, ordnete
sich die anwesende Geistlichkeit in Reihen, den
Bischof in der Seminarkirche zu empfangen.
Mit tiefster Rührung, in vollem bischöflichen
Schmucke, trat der majestätische Mann, fromm
die Gläubigen segnend, unter den Traghimmel.
Alle Glocken der Stadt ertönten und unter
dem herrlichen Klange bewegte sich der festliche
Zug aus der Seminarkirche in die breite, schöne
Domstraße einlenkend, hinan zu den Pforten
des Doms. Seit 230 Jahren hatte Speyer
eine ähnliche Festlichkeit nicht mehr gesehen.

Ehrfurchtsvoll geleitete der Festzug den
Oberhirten zum hohen Dome und warm und
bewegt stimmte Alles ein in den wundervollen
Lobgesang: „Großer Gott! Dich loben wir!"
Nach Vollendung der Gebete und Verlesung
der Bullen begrüßte Dompropst Miltenberger
den neuen Oberhirten, welche Begrüßung Letz=
terer ebenso bemessen als ergriffen erwiederte.

Nun begann die kanonische Huldigung
durch ehrerbietigen Handkuß. Diese Handlung,
welche den Oberhirten oft bis zu Thränen
rührte, war um so herzlicher und ergreifender,

da Wenige erschienen, die der neue Bischof nicht theils als Jugendgenosse gekannt, theils als Freund geliebt, theils als Lehrer unterrichtet, theils als Wohlthäter unterstützt, theils als Gastfreund bewirthet, theils als geistlicher Rath offen belehrt, theils als Domdechant freundlich begrüßt, theils als Generalvikar wohlwollend geleitet hatte.

Nachdem die Huldigung vollzogen war, begab sich der hochwürdigste Bischof auf die von ihm so oft bestiegene Domkanzel, die Pflicht des obersten Lehrers der Diöcese zu erfüllen.

Ein freundliches, heiteres Mahl im bayerischen Hofe beschloß die Feierlichkeit. — So also hatte Bischof Weis Besitz genommen vom tausendjährigen Bischofsstuhl am Rheine und begann seine apostolische Wirksamkeit.

Eigentlich war sie kaum verschieden von seiner bisherigen Thätigkeit. Doch Eines war hinzugekommen, was ihm blieb sein Leben lang und was so recht seinem ganzen Wirken und seiner ganzen Persönlichkeit den eigenthümlichen Reiz verlieh, jenen Reiz, der Alle anzog und Alle mit fast unlösbaren Banden an ihn kettete — ich meine die apostolische Väterlichkeit. Diese leuchtete aus seinem persön=

lichen Auftreten und aus seiner Thätigkeit, aus seiner Gestalt und aus seiner Rede, aus seinem Umgang und aus seinen Briefen, aus seinen Predigten und aus seinen Hirtenbriefen, man fand sie an ihm ausgeprägt mochte man mit ihm über Pastoral oder Wissenschaft sprechen oder mochte man ihn bei seinen Pontifikalfunktionen beobachten oder im heiteren Gespräche an seinem Tische sitzen. Ich wenigstens konnte dem Hochseligen gegenüber nie den väterlichen Bischof übersehen und war er auch bisweilen sehr vertraulich, das Gefühl der Liebe gegen ihn behielt immer den Charakter einer kindlichen Liebe.

Es liegt mir nun ob, die verschiedenartige Thätigkeit des edlen Bischofes näher zu beleuchten. Ich will versuchen in engeren Rahmen sein Bild vorzuführen, werde dabei aber nicht vergessen, daß ich zunächst für das Volk schreibe und darum gewisse Dinge nur kurz berühren, mehr der Vollständigkeit zu Liebe, als aus andern Gründen.

a. Bischof Weis als Vertheidiger des kirchl. Rechtes.

Durch die französische Revolution war alles kirchliche Leben unterdrückt, fast alle Güter, die von der Reformation noch belassen worden, waren geraubt worden. Bei der Restauration geschah Vieles für die Wiederherstellung der Pfarreien, die vorausgegangenen Bischöfe hatten nichts versäumt, um die katholischen Gemeinden wieder mit Seelsorgern zu versehen, die aufreibenden und den Bedürfnissen der Gemeinden in seelsorgerlicher Hinsicht so wenig genügenden und darum so schädlichen Binationen abzuschaffen und neue Pfarreien zu gründen. Auch Weis war in dieser Hinsicht nicht unthätig und seiner steten Mühewaltung ist es zu verdanken, daß so manche bisher nur nothdürftig besorgte Gemeinde jetzt ihren ständigen Seelsorger besitzt. Dabei soll nicht unerwähnt bleiben, daß fast überall auch die Gemeinden mit Opferwilligkeit beihalfen und mit reichlichen Leistungen die Bemühungen ihres Bischofs unterstützten.

Als solche neuerrichtete Pfarreien und selbstständige Kaplaneien treffen wir zuerst Capsweyer, Sondernheim, Niederwürzbach und Eppenbrunn, dann Ludwigshafen, Maudach, Waldhambach, Berghausen, Eusserthal, Waldfischbach, Leimen. Dazu kommen die Gefängnißcaplaneien zu Kaiserslautern, Zweibrücken und Frankenthal und mehrere unselbstständige Kaplaneien.

Wer es weiß, wie viele Mühe erfordert wird, um auch nur eine einzige Seelsorgsstelle vom Staat dotirt zu erhalten, kann aus der Anzahl der angeführten Namen die große Hirtensorge des Bischofes abnehmen.

Unter den vorausgegangenen Bischöfen waren die Geistlichen der Pfalz nicht nur höchst ärmlich gestellt und oft geradezu zum Darben und Nothleiden verurtheilt, während sie doch auch noch der Noth der Gläubigen hätten abhelfen sollen, sondern sie waren auch gegenüber den protestantischen Seelsorgern in einer alle Parität verletzenden Weise zurückgesetzt. Geissel hatte bereits die Verhandlungen mit der Staatsregierung zur Aufhebung dieses schreienden und verletzenden Mißverhältnisses eröffnet. Schon 6 Wochen nach seiner Erhebung legte Weis ein Bittgesuch um volle Parität am königlichen Throne nieder und ganze 23 Jahre bedurfte es, um der gerechten Forderung bei den Vertretern des Landes und bei dem Ministerium wenigstens theilweises Gehör zu verschaffen. Die volle Parität in Bezug auf die Gehaltsverhältnisse erlebte er nicht mehr. — Ich sagte kurz vorhin, daß Bischof Weis in seiner Hirtensorge nicht blos um seine Diöcese sich bemühte, sondern auch auf alle hervorragenderen Verhältnisse der Kirche Bayerns und Deutschlands sein Augenmerk richtete. Ich könnte recht gut anführen, wie ihn die sogenannte Jesuitenfrage in Regensburg ebenso beschäftigte, als ihn früher die Kölner Frage in seinem „Katholik" zum energischen Bekämpfen gegen die preußische brutale Gewalt veranlaßt hatte; ich könnte sehr leicht beweisen, wie seine brüderliche Theilnahme am arg mißhandelten Erzbischof Hermann von Vikari in Freiburg sich ebenso kundgab, als etwa seine Verbindung mit Veuillot auf die Hebung der französischen katholischen Presse abzweckte — allein ich will in diesem Punkte nicht zu weit ausholen, sondern nur hinzufügen, wie sehr er im Jahre 1848 bemüht war, die Kirche aus den Alles umstrickenden Fesseln der Bureautratie zu befreien und für eine würdige Stellung des Katholizismus in Bayern eine Lanze zu brechen. Schon bei der vertraulichen Besprechung am 16. August 1848 zu Köln war er unter den bayerischen Bischöfen der einzige, der Theil nahm und bald wurde ihm die Aufgabe zu Theil, die Bischöfe und Erzbischöfe Bayerns zum Würzburger Concil, oder wie

man es nennt, zur Würzburger Conferenz ein=
zuladen und vorzubereiten.

Leider wurden die vortrefflichen Beschlüsse,
Wünsche und Forderungen nicht berücksichtigt,
auch nicht dort, wo die Selbsterhaltung am
ersten zur Annahme hätte veranlassen sollen,
auch die Freisinger Conferenz vom Jahre 1850
mit ihrer Denkschrift hatte verhältnißmäßig
geringen Erfolg. Immer aber war an dem,
was geschah und wie es geschah, Bischof Weis
und sein edler Freund, der hochwürdigste
Bischof Valentin von Regensburg ein hervor=
ragender Factor. Gerade sie zwei waren die,
welche der Wahrheit und dem Rechte immer
den schärfsten Ausdruck verliehen.

b. Bischof Weis als guter Hirte seiner Diöcese.

Eigentlich war Bischof Weis in allen seinen
Handlungen ein guter Hirte; er mag wohl seit
seiner Erhebung wenig gethan, was nicht ein
Ausdruck seiner Hirtensorge gewesen wäre.
Ganz besonders aber zeigte sich sein liebevoller
Eifer in den Visitationen seiner Diöcese, auf
den Firmungsreisen und in den gewöhnlich
damit verbundenen Pastoralconferenzen. Hier

suchte er das Feuer der Liebe, das er zu seinen Diöcesanen in der Brust trug, überzuleiten in die Herzen derjenigen, welche seine Stellvertreter waren im Hirtenamte.

Da gerade die Visitations= und Firmungs= reisen den Hochseligen und sein liebwerthes Bild am tiefsten in den Geist der Gläubigen eingepflanzt haben, so möge es mir der Leser verzeihen, wenn ich bei der Behandlung dieses Punktes etwas weiter eingehe in das Einzelne.

Die Visitationsreisen der Bischöfe sind ihre strenge Pflicht und so beschwerlich und anstrengend sie auch sind, so viel Umsicht, Klugheit und Sorgfalt sie auch fordern, — der Bischof muß und soll seine Heerde kennen lernen und darum muß er sie sehen und besuchen. Für unsern lieben Bischof gab es nun aber keine größere Freude als diese Reisen zu machen.

Das Dekanat und die Zeit, in welcher die Visitationsreisen (und auch bei seinen Firmungen geschah das Gleiche) abgehalten werden sollten, wurden gewöhnlich der Regierung zur Anzeige gebracht. Diese setzte hierauf das betreffende Bezirksamt davon in Kenntniß mit dem Anhang, die Gemeinde=Beamten katholischen Glaubens anzuweisen, mit den Kirchen=

fabrikräthen und den katholischen Mitgliedern der Ortsschulkommissionen am Tage der Ankunft des Oberhirten sich im Pfarrhause einzufinden, damit sie dort mit dem Oberhirten selbst sich besprechen könnten. Uebrigens habe ich bei einer solchen Reise, die ich selbst mit dem hochwürdigsten Herrn machen zu können die Ehre hatte, die Bemerkung gemacht, daß auch Protestanten sich gerne bei solchen Begrüßungen einfanden und ich bewunderte den Takt, mit welchem einmal „der Vorstand der politischen Gemeinde W." den hochwürdigsten Herrn „den geistlichen Oberhirten des zahlreicheren Theiles seiner Gemeinde" zu begrüßen verstand.

War ja doch der Bischof auch bei den Akatholiken beliebt — ob seiner Milde und seiner steten strengen Wahrheit und Rechtlichkeit! In der Regel nahm der Hochselige alljährlich in vier Dekanaten seine Rundreise vor und zwar wurde immer die Hälfte eines Dekanates besucht, in drei Jahren aber die andere Hälfte, so daß er in 6 Jahren die Gesammtheit der Pfarreien visitirt hatte.

Vor dem Beginne der oberhirtlichen Rundreise erging stets ein Circularschreiben durch den Dekan. Ein solches lautet: „Da von sämmt=

lichen Herrn Pfarrern mir immer der Wunsch ausgesprochen wird, bei ihnen einzukehren und ich auch lieber bei meinen Brüdern als in fremden Häusern mich aufhalte, so will ich gerne diesem Verlangen entsprechen, jedoch nur unter der Bedingung, daß die Herrn Pfarrer so wenig als möglich belästigt werden. Darum muß ich als unerläßlich wünschen, daß alle unnöthigen Kosten vermieden werden. Ich ersuche darum dringend, daß bei den Mahlen die größte Frugalität herrsche. Das jedesmalige Mittagessen soll aus weiter nichts bestehen als aus Suppe, Rindfleisch, Gemüse und Beilage, höchstens mit e i n e m Braten. Alles kostspielige Zuckerwerk ist überflüssig und kann durch einen Kuchen ersetzt werden.

Diese Frugalität ist erforderlich, damit nicht zu viel Zeit bei Tisch zugebracht werde, damit unnöthige Ausgaben aufhören und damit wir auch den Gläubigen, die etwa eingeladen werden mögen, ein geziemendes Beispiel der Mäßigkeit geben.

Ich wünsche, daß Sie, lieber Herr Dekan, diese meine Anordnung allen Herren Pfarrern zur genauen Befolgung zukommen lassen u. s. w."

Natürlich war die Liebe und Freude, den

theuren Oberhirten im Hause zu haben, oft größer, als der in diesem Punkte geforderte Gehorsam und bei solchen Gelegenheiten kam es denn manchmal zu Scherzen von seiner Seite, die im eigentlichen Kerne eher eine freundliche Ermahnung zur Besserung waren. So erinnere ich mich einmal, daß er bei dem Stadtpfarrer von L. zu Tische war. Dieser hatte durch Geschenke seiner Pfarrkinder eine hübsche Sammlung silberner Geräthe zusammenbekommen. Diese prangten nun auf der Tafel.

Der hochwürdigste Herr konnte nicht unterlassen, den Hausherrn aufzuziehen, indem er fein lächelnd bemerkte, er freue sich schon auf die hübsche Summe, die er einmal aus diesem Silber lösen werde, denn „nicht wahr? Herr Pfarrer! Sie vermachen doch diese schönen Dinge alle meinem Knabenseminar?" „Gewiß", antwortete der ehrliche, aber borstige Pfarrer, dessen rauhe Zunge landesbekannt war, „gewiß, gnädiger Herr, würde ich das thun, wenn das Silber Ihnen gehörte!" Lachend wendete sich der Herr Bischof zu seinem Nachbar am Tische, und sagte: „Haben Sie's gehört, er will nichts hergeben! er muß aber doch!" Und damit war vorderhand die Sache beendigt.

Bischof Nikolaus sah den Aufwand für Essen, Tafeln u. dgl. als völlig überflüssig an. Sein eigener Tisch, um dieses hier einzuflechten, war, wie jedmänniglich bekannt, höchst einfach besetzt.

Ich habe unzählige Mal mit ihm gespeist an Werktagen und Feiertagen, an Festen und bei Gelegenheit von Besuchen. Aber nur sehr selten kam mehr auf den Tisch, als das, was er in seinem Circular auch den Pfarrern nahe legte.

Es war darum Gewohnheit und für seine späteren Jahre auch Bedürfniß, einfach zu sein in Speise und Trank. Ein oder anderthalb Glas Tischwein und an Feiertagen oder bei Besuchen noch ein Glas Dessertwein, war neben Wasser sein Getränke. Bier liebte er nie.

Ich erinnere mich noch so lebhaft an den Kampf, den ich bezüglich dieses letzteren Getränkes mit ihm bestand, aber nicht glücklich bestand. Als geborener Bierländer bat ich ihn, mir beim Essen statt des Weines Bier aufsetzen zu lassen, ich könnte den Wein nicht gut vertragen. „Ah bah", war seine Antwort, „guten Wein kann Jeder gewöhnen lernen. Trinken Sie nur fleißig!" Und dabei machte er den fast überbesorgten Mundschenk. Und richtig gewöhnte ich den Wein so gut und so bald, daß er oft beim so und so vielmaligen Einschenken schelmisch lachend hinzufügte: „Gelt, Professor, jetzt können Sie trinken!" Und wahrlich, ich wußte kaum eine bessere Antwort, als eben so schelmisch zu antworten: „Ja, gnädiger Herr! Sie schenken aber auch immer ein! was will ich denn thun als austrinken?"

Eine kleine Rache konnte ich mir aber nicht versagen für die Verweigerung des Biers. Der Hochselige hatte einmal einen leichten Brustkatarrh. Da ich von jeher mit Vorliebe medicinische Pfuscherei trieb, so war es auch hier mein Erstes, dem gnädigen Herrn zu rathen, ein Glas Bier zu trinken, denn das erzeuge eine leichte Wärme der Schleimhäute, durch den Malzzucker erfolge dann Auflösung des angesetzten Bronchial=Schleimes u. s. w u. s. w. Kurz mit vollendeter Hinterlist wußte ich ihn zu bestimmen, Fassot, seinen getreuen Diener, nach Bier zu schicken und bei dieser Gelegen= heit — auch mir ein Glas zu erwirken. Sei es nun, daß der Katarrh ohnehin reif war oder daß der durch das Bier erzeugte Schleim auch den alten Kameraden mitgehen ließ, er vermochte leichter zu husten und meine Heil=

methode hatte Gnade gefunden. So oft eine katarrhalische Affection stattfand (ich machte möglichst oft wenigstens die Besorgniß einer solchen rege) erschien ein Glas Bier für ihn und auch für mich. Diese Antipathie gegen das Bier beim Essen theilte natürlich sein Klerus nicht in alleweg. Er wußte das. Wenn darum das Abendessen vorüber war, so zog er sich gerne sehr bald zurück; "denn ich weiß schon, die Herren wollen noch ein Glas Bier trinken und da will ich nicht stören."

Eine besondere Vorliebe hatte er für Kartoffel, die bei jeder Speise sein mußten. Ich aber hatte Ueberdruß und aß nur äußerst selten, kaum je davon. Auf einmal sagte er: "Ja, Professor! was haben Sie denn, daß Sie keine Kartoffeln essen wollen? Bei Ihnen zu Hause gibt's doch genug, ja fast nichts Anders!" Mehr offen, als fein antwortete ich: "Eben deßwegen, zu Hause finde ich Kartoffeln genug, aber an der bischöflichen Tafel, da will ich lieber was anderes essen." Er lächelte und sagte: "Das ist ein Pfiffikus!"

Es waren zwei Jahre vergangen, als mein Herr Bischof von Regensburg auf Besuch kam. Es kamen richtig wieder Kartoffeln.

Bischof Ignatius bot sie mir dar. Ich schüttelte den Kopf und Bischof Nikolaus rief gleich darein: „O, lassen Sie ihn, er ißt mir keine Kartoffel, er sagt, wegen Kartoffeln ginge er nicht zu mir, die hätte er selber genug zu Hause!" So sehr hatte er ein gutes Gedächtniß auch für die kleinsten Kleinigkeiten.

Doch kehren wir zu seinen Visitationsreisen zurück.

Einen gewissen feierlichen Einzug in den Gemeinden und Ehrenbezeugungen bei der Durchfahrt durch die Ortschaften liebte er: aber wie ich durch eigne Mitanschauung wahrnahm, nicht seinethalber, sondern weil die katholische Sache, die doch früher in der Pfalz ganz mundtodt, möchte ich sagen, war, wieder offen und laut an den Tag treten konnte. So heißt es z. B. in einem Briefe vom 21. Juli 1857: „In Ihrem u. s. w. Berichte lese ich, daß besondere Vorkehrungen zu meinem Empfange gemacht werden sollen. Wenn darunter mehr verstanden werden will, als sonst gewöhnlich geschieht, damit die Gläubigen ihre Anhänglichkeit an unsere hl. katholische Kirche kund geben, so bitte ich Sie sehr dringend, dieses nicht zu veranlassen oder thun lassen zu wollen. Sie werden wohl mit mir einverstanden sein, daß der Bischof nicht wünschen könne, daß die Herrn Pfarrer oder Gläubigen belästigt werden, sowie auch, daß nur Gottes und seiner hl. Kirche wegen Alles geschehen solle, was immer wir als Kinder Gottes und unserer hl. Kirche thun wollen. Wenn ich nicht diese höhere Absicht stets einzuhalten und zu erreichen mich bemühen würde, müßte ich mich, meiner persönlichen Neigung nach, solchen Feierlichkeiten zu entziehen suchen."

War so Alles vorbereitet, da wurde die alte, ich möchte sagen, majestätische Kutsche gepackt, jenes Vehikel, das ihn, so lange er Bischof war, getreulich durch alle Gauen der Diöcese führte. Sie war, wenn ich mich recht erinnere, von Bischof Geissel übernommen und durchaus nicht im Besitze von irgend einer modischen Eigenschaft. Aber bequem war sie, fest und ganz ungenirt konnte sie mit 6 Personen und dem bisweilen schweren Gepäcke belastet die schlimmsten Wege passiren. Diese Kutsche hatte in der ganzen Diöcese einen gewissen Ruf und war so bekannt, daß wenn sie auf einer Straße sichtbar war, gleich die Leute Stand hielten und auf den bischöflichen Segen, den er bereitwillig jedem Vorübergehenden ertheilte, warteten. Ich selbst fuhr einmal nach Niederkirchen ganz allein in derselben, um am genannten Orte den hochwürdigsten Herrn abzuholen und bemerkte, wie die Leute ganz verwundert waren über die plötzliche Sparsamkeit des vermeintlichen gnädigen Herrn im Segengeben. So bekannt war die Jubilarin einer Chaise.

Pferde aber besaß er nie.

Von seinem Kaplan, gewöhnlich einem Domvikar, begleitet, fuhr er dann ab, jedoch ging es nie direct auf das Ziel zu, sondern nicht leicht fuhr er durch eine Ortschaft, in der eine katholische Kirche und ein Priester war, ohne nicht dort dem Herrn der Heerschaaren, Gott im hl. Sakramente und dem Diener des Allerhöchsten seinen Besuch zu machen.

Nahte sich der Bischof dem Orte seiner Bestimmung, so ließ er sich mit Chorrock und Stola noch in der Chaise bekleiden, um sogleich in seiner Amtskleidung den Gläubigen entgegenzutreten. War er ausgestiegen und hatte die Begrüßung durch den Bürgermeister stattgefunden (ich habe solche auch mehrmals sogar bei der Durchfahrt durch eine Ortschaft wahrgenommen), so ging er unmittelbar zur Kirche, wo er nach kirchlicher Weise empfangen, Gott dem Herrn im hl. Sakrament die Erstlinge seiner bischöflichen Thätigkeit darbrachte. Eine Betstunde schloß sich an und der Hochwürdigste gab am Schlusse derselben den Segen, worauf man sich in das Pfarrhaus verfügte.

Oft hielt er schon jetzt den sogenannten „Katechismus" oder auch eine Anrede. Jedoch änderte sich das häufig in der Weise, daß erst am nächsten Tage die religiöse Prüfung der Gemeinde war. Der Bischof ließ sich beim Eingang in das Presbyterium auf den für ihn bereiteten Stuhl nieder. Die Geistlichkeit umstand ihn, und vor ihm im Kreise war die Schuljugend aufgestellt, vorab diejenigen Kinder, welche am folgenden Tage das hl. Sakrament der Firmung empfangen sollten.

Die jetzt folgende bischöfliche Thätigkeit schwebt mir wenigstens immer als der Glanzpunkt des Hirtenlebens des Hochseligen vor und ich gestehe ohne Beschämung, daß ich, als ich dieses Schauspiel zum ersten Male zu genießen die Gelegenheit und das Glück hatte, nur mit Mühe die Thränen zurückzuhalten vermochte.

Da saß er, der ehrwürdige edle Greis, in kirchlicher Kleidung, die ihn wie Hauskleidung so natürlich umschloß, die langen, weißen Locken über den Nacken fließend, eine edle, ehrfurcht gebietende und zugleich so unendlich gewinnende Gestalt. Ein kleiner Knabe steht vor ihm; dessen beide Händchen ruhen in der Linken des lieben Bischofs, während auf seine kleine Schulter gewinnend die Rechte des theuren Vaters gelegt ist. „Sag mir, mein Lieber! wie heißt Du?" „Joseph." „Joseph? so, Joseph, weißt Du auch, wer dein Namenspatron ist." „Ja, der hl. Joseph, der Nährvater Jesu Christi!" „Meinst du nicht, der hl. Joseph mußte recht fromm und brav gewesen sein, weil er der Nährvater des lieben Jesuskindes sein durfte? Du siehst, wer recht brav ist, der darf beim Jesuskind sein; und wenn du recht brav bist, darfst du auch einmal zum lieben Jesu kommen in den Himmel. Was muß man denn thun, wenn man in den Himmel kommen will? u. s. w."

So war er in der Mitte der Kinder. Er konnte an Alles anknüpfen; stand eine arme

Mutter da mit ihrem Kinde auf dem Arm, oder gar vor ihr noch ein anderes, das morgen gefirmt werden sollte, so wußte er anzuknüpfen an die Firmungsgnade, wie eine Mutter die früher empfangene jetzt ausüben müsse im Familienleben; war es ein schwieliger Arbeiter, so ermunterte ihn der Bischof, auch in den Stürmen des Lebens treu zu bleiben dem, was er bei der Taufe, bei der ersten hl. Communion und bei der Firmung gelobt; war es eine junge Person, an die er sich wendete, so war es das Kleid der Unschuld, das er in besonnenen und ruhigen Worten zu empfehlen wußte, u. s. f. O, wie oft habe ich da Thränen fließen sehen aus den Augen von so manchem Vater, von dem man es auf den ersten Blick erkannte, daß er nicht oft aus Rührung weinte!

Diese Katechese und Prüfung der zu firmenden Kinder vollzog er aber nicht stets allein, sondern zunächst der Geistliche des Ortes; selbst dem ihn begleitenden Sekretär übertrug er bisweilen dieses Amt.

War die Prüfung vollendet und schon während derselben, theilte er Geschenke aus; freilich keine reichen, das konnte er ja bei seinem verhältnißmäßig geringen Einkommen gar nicht machen, sondern einfache Bildchen, auf die er nie vergaß, zu Hause schon zuerst seinen Namen darauf zu schreiben, Rosenkränze, Medaillen, Kreuzchen, kleine Flugschriften, Hirtenbriefe und dergleichen.

Waren auch diese Geschenke selber an sich nicht von großem Werthe, so waren sie doch gewiß jedem Empfänger deßhalb werthvoll, weil sie vom geliebten Oberhirten kamen. Nach der Prüfung kam oft eine Ansprache an das Volk.

Die Feier der Firmung eröffnete er immer mit der hl. Messe oder mit einem Amte, während die Gemeinde das Lob Gottes sang. Hierauf hielt er selbst die Predigt, wenn anders er nicht im Voraus einen Geistlichen aus der Nachbarschaft mit diesem Amte beauftragt hatte. Wenn er selber die Rede hielt, so dauerte sie gewöhnlich sehr lange, aber sie ermüdete den Zuhörer nicht, denn es waren einfache Worte eines apostolischen Mannes, hervorquellend aus einer reichen, gotterfüllten Seele, schmucklos, aber voll der Salbung und Gnade. An die Predigt reihte sich die Erneuerung der Tauf=gelübde, welche der Dekan vorzunehmen hatte.

Es war für ihn gewiß keine kleine Anstregung, so durchgehends zweimal des Tages das Wort des Herrn zu verkünden, die Firmung abzuhalten, die Besuche zu empfangen und wieder im Wagen die Reise weiter fortzusetzen — aber er that es, weil es ihn drängte, den Gläubigen zu brechen das Brod des Lebens und ihnen mitzutheilen von dem, was Gottes Geist in seiner eigenen Seele gewirkt hatte.

Unmittelbar nach dem Schlusse der Firmung wurde bei seinen Visitationsreisen die Untersuchung der Altäre, des Tabernakels, des Taufsteines, der Kirchengeräthe, Gefäße und Gewänder vorgenommen. Nichts entging hier, wie ich merkte, dem Blicke seines gewandten Auges, aber nie strömte scharfer Tadel über seine Lippen, sondern in Form eines Rathes: wie man es etwa auch machen könnte, oder wie es anderswo besser und genauer den kirchlichen Vorschriften entsprechend eingerichtet sei — wußte er die Erkenntniß des Fehlers zu bewirken und Bereitwilligkeit zur Aenderung hervorzurufen.

Wo möglich wurde hierauf mit den in Reihen geordneten Gläubigen unter Gebet und Gesang die Begräbnißstätte nach Vorschrift der kirchlichen Bücher besucht und in die Kirche zurückgekehrt der Zug mit dem bischöflichen Segen entlassen.

Die Geistlichkeit begleitete den Oberhirten zum Pfarrhause, wo dann die verschiedenen Pfarrbücher und dergleichen eingesehen und geprüft wurden. Dort versammelten sich jetzt auch die Amtsvorstände, die Mitglieder der Kirchenverwaltung, also des Fabrikrathes und die Lehrer aus dem Umfange der Pfarrei, um daselbst über die Angelegenheiten der Pfarrei, der Kirche und Schule vom Bischofe befragt, gehört, ermuntert oder ermahnt zu werden.

Hatte Bischof Nikolaus nicht unmittelbar nach seiner Ankunft die katechetische Prüfung vorgenommen, so fand sie am Firmungstage selbst Nachmittags statt, auch die Erwachsenen wurden eingeladen, daselbst zu erscheinen. Nach dieser Prüfung und zum Schlusse der bischöflichen Anwesenheit wurde noch eine Andacht gehalten, der bischöfliche Segen ertheilt und mit dem ambrosianischen Lobgesange unter dem Geläute aller Glocken die segenbringende Feier geschlossen.

Schon diese allgemeinen Züge zeigen

deutlich, in welchem Geiste, mit welcher Absicht und mit welchem gesegneten und reichen Erfolge die amtlichen Rundreisen von dem lieben, guten Bischofe abgehalten wurden. Er hatte die lebendigste Ueberzeugung, daß nur durch Erweckung und Pflege eines wahrhaft christlichen und kirchlichen Sinnes der Noth der Zeit könnte gesteuert und dadurch dem allgemein drohenden Verderben ein schützender Damm entgegengestellt werden. Daher suchte er diesen Sinn auf seinen Reisen durch die Pfarreien der Diöcese auf jegliche Weise zu fördern, ihn durch Wort und Beispiel bei seinen Untergebenen zu pflegen.

Bedeutend öfter, als ich es im Vorausgehenden andeutete, nahm der Bischof das Wort, um die Gläubigen zu belehren und zu erbauen. Um dieses mit Erfolg zu können, machte er sich nicht blos zu Hause schon, ehe er abreiste, die betreffenden Notizen, sondern erkundigte sich auch nach dem Abendessen genau nach allem Wichtigen in der Pfarrei. Dieß geschah, um gleich selbst an Ort und Stelle das Nothwendige und Nützliche zu verfügen. Besonders thätig war er in dieser Hinsicht, wenn etwa die Gemeindebehörde akatholisch war. Er konnte es in solchem Falle um so leichter, als er auch bei den Akatholiken persönlich in hoher Achtung stand, wie ich schon einmal erwähnt habe.

Er sprach sich mir gegenüber öfters darüber aus und nicht selten hörte ich ihn sagen: „Gott! was werde ich dafür für eine Verantwortung haben! Wollte Gott, ich könnte auch nur einen einzigen Irrgläubigen mit all' dem gewinnen!" Deßhalb war er auch sehr unzufrieden und sagte dieß gerade heraus, wenn religiöse Gegner ihm sagten: „Ja, gnädiger Herr! vor Ihnen hegen wir große Hochachtung, aber —" In solchem Falle war er gleich mit der Antwort zur Hand: „Ich, ich wünsche nicht Hochachtung für meine Person, deren bin ich unwürdig, aber die Lehre Christi, diese soll allenthalben anerkannt und befolgt werden!" Doch kehren wir zurück.

War der Bischof auf die gemachten Erkundigungen hin oder im vorhinein gut über die Verhältnisse der Gemeinde unterrichtet, so benützte er alles dieses schon bei seiner Predigt oder bei der Standrede, die er nach Besichtigung des Gotteshauses und seiner Einrichtungen an die Versammelten hielt. Be=

sonders geläufig war ihm hiebei Dank für die etwa bewiesene Sorgfalt um die Zierde des Hauses Gottes oder Ermunterung, dem Herrn der Welt eine würdige Wohnung herzustellen oder zu erhalten.

Beim Besuche der Gottesäcker lenkte er die Aufmerksamkeit der Gläubigen auf die Vergänglichkeit des Irdischen, belehrte sie über die letzten Dinge des Menschen und ermunterte sie zum frommen Gebete für die verstorbenen christlichen Brüder und Schwestern.

Bei der nachmittägigen Prüfung der Jugend wurde er des Hörens und Fragens gar nicht müde. Oft war schon längst die für die Prüfung bestimmte Zeit verflossen, bis endlich der Oberhirte wieder das Wort ergriff, um die anwesenden Väter und Mütter, Lehrer und Vorstände der Gemeinde zu ermuntern, Alles aufzubieten, sich und ihren Kindern den trostvollen Unterricht in den Heilswahrheiten des Glaubens zu erwerben und zu erweitern, durch eigenes Beispiel die ihnen von Gott anvertrauten Kinder für deren ewige Bestimmung zu erziehen und zu begeistern.

In den Städten, in welchen höhere Lehranstalten oder Lateinschulen bestehen, wurden auch diese von dem stets besorgten Oberhirten besonders besucht und die katholischen Zöglinge derselben in den Wahrheiten der Religion geprüft und zum Fleiße, zur Sittlichkeit und Frömmigkeit ermuntert. Auch die Bezirksgefängnisse wurden nicht außer Acht gelassen, um christliche Gesinnung und Besserung zu erwecken. Die noch übrige Zeit ward, namentlich in den Städten, dazu benützt, um die Beamten und Angesehenen mit besonderen Besuchen zu erfreuen. Auch die Kranken und Armen wurden nicht vergessen, sondern ihnen Worte des Trostes und der Zuversicht auf Gottes Barmherzigkeit gespendet. Daß namentlich zu diesem geistlichen Almosen auch nach Kräften reichliche zeitliche Almosen hinzukamen, bräuchte ich eigentlich nach dem ganzen Character des Bischofes Weis, als eines guten Hirten, gar nicht einmal hinzuzufügen. Es ist ja bei aller Welt bekannt, wie mildthätig er gegen Jedermann war, wie er sich sozusagen oft entblößte, um Armen und guten Zwecken eine Beisteuer zu geben. Noch vor seinem Tode übte er den heroischen Akt, daß er allen Schuldnern, die von ihm geborgt hatten und es waren zumeist bedrängte Familien, die

Schuldscheine quittirt zurückschickte. Ich errinnere mich in dieser Hinsicht an eine Scene, die ich nie in meinem Leben vergessen werde, und die ich schon unzählige Male erzählte sowohl zu meiner selbsteigenen Erbauung als auch zur Freude jener, die sie hörten. Es war im Sommer 1865.

Da der hochwürdigste Herr mit der Dekanatsvisitation auch immer eine sogenannte Pastoralconferenz verband, (d. h. eine Besprechung der Geistlichen unter sich über seelsorgliche Gegenstände), so lud er mich ein, ihn zu Wagen in N. abzuholen, weil er bislang die Eisenbahn hatte benützen können. Er wollte, das war seine Absicht, mich mit dem Klerus mehr bekannt machen, damit ich so das Terrain besser kennen lernte, für das und auf welchem ich wirkte. Ohne Zweifel galt es auch, mir eine Freude zu machen, wozu er, ich muß es dankbarlich gestehen, nicht leicht eine Gelegenheit vorübergehen ließ. Ich hatte eben einen Ferientag und ergriff darum mit größtem Vergnügen die Gelegenheit, den lieben Bischof inmitten einer größeren Anzahl Geistlichen als ihren Vater bewundern zu können.

Auf der Rückkehr nach Speyer ließ er

von dem eigentlichen Wege abbiegen, um seinem Diener die Möglichkeit zu bieten, seine alte kranke Mutter zu besuchen und um bei dieser Gelegenheit ihr auch seinen bischöflichen Segen zu ertheilen. Das gute alte Mütterchen wußte natürlich nichts von dem ehrenvollen Besuche und nun hätte man die rührende Scene sehen sollen, als plötzlich der bischöfliche Wagen vor der Thüre des armen Häuschens hielt und der hochwürdigste Herr ausstieg, um die arme kranke Frau in ihrem Stübchen zu besuchen. Sie konnte kein Wort hervorbringen, aber unter lautem Schluchzen wollte sie die dargebotene Hand gar nicht mehr auslassen und die reichlichsten und heißesten Thränen drückte sie darauf. Natürlich war gleich eine Masse Leute herbeigelaufen und als wir Alle auf dem Boden knieten, er allein aufrecht stehend am Krankenbette die herrliche, stattliche Figur, mit seiner im Gespräche so wohlklingenden Stimme die Segensgebete sprach — da weinte Alles laut und auch mir liefen die Thränen herab — ich begriff, was ein Nachfolger der Apostel ist!

Daß er eine Gabe für die gute Frau zurückließ, habe ich nicht gesehen, aber er wußte in solchen Dingen so geschickt zu manipuliren, daß es immer nothwendig war, ihm sehr genau auf die Finger zu sehen!

Bei Gelegenheit dieser Schilderung fällt mir etwas bei, was ich zu erzählen nicht unterlassen will. Der eigentliche Held der folgenden Erzählung, wenn er noch lebt, wird es mir verzeihen, falls er meine Skizze zu Gesichte bekömmt. Ich will ihm ja gewiß nichts Uebles nachsagen, sondern es soll nur zur Charakteristik der pastoralen Heiterkeit des lieben Bischofs erzählt sein.

Auf dem Wege von dem Orte der eben erzählten Begebenheit nach Speyer kamen wir in ein Dorf, dessen Namen ich nicht einmal mehr weiß. Es war ein unendlich schwüler Sommertag und der Staub der Chaussee quälte uns nicht wenig. Der hochwürdigste Herr hatte mich kurz vorher gefragt, ob ich keinen Durst hatte und da ich unbedingt mit Ja! antwortete, sagte er: „Nun, wir wollen beim Herrn Pfarrer zusprechen, da bekommen Sie zu trinken und zugleich können wir ihn überraschen. Ich glaube, es gibt eine nette Scene."

Wir fuhren also an das Pfarrhaus und Fassot, der getreue, sprang vom Bocke und schellte. Es vergingen einige Sekunden und die Thüre wurde geöffnet vom Pfarrherrn selbst. Es war aber selber Pfarrherr ein netter dicker Herr, kugelrund um die Mitte und durchaus nicht gewillt, seine körperlichen Anlagen zu verbergen. Da stand er nun — die Füße in Schlappschuhen verborgen, ohne Weste und Halstuch, einen Schlafrock, wie es schien, eben erst rasch angezogen, in der einen Hand die Thürklinke, in der andern die lange Pfeife.

„Gelobt sei Jesus Christus, Herr Pfarrer! Sie erlauben schon, daß wir bei Ihnen ein klein wenig einkehren, mein Professor da hat Durst." Aber kein Mensch sprach: In Ewigkeit! sondern der zwar nicht bestürzte, wohl aber in schreckliche Verlegenheit gerathene Herr Pfarrer krampste mit der einen Hand den Schlafrock über die Brust zusammen, mit der andern suchte er, wie Nothburga ihre Sichel, die Pfeife, wenngleich vergeblich, in die Luft zu hängen.

Ich raffte mein ganzes Besitzthum von Anstandsgefühl zusammen, um nicht zu lachen, der Herr Bischof aber ging rasch voraus in das bekannte Speisezimmer des Pfarrers. In=

zwischen warf sich Parochus in einen Rock und Stiefel, und erschien neuerdings, Entschuldigungen vorbringend von enormer Hitze, Nichtahnenkönnen des bischöflichen Besuches und verschiedenen andern möglichen und unmöglichen Dingen. Der hochwürdigste Herr brachte nun mein Anliegen, etwas Wein zu erhalten, vor und er selbst bat sich Kaffe aus. Nach einigen Minuten meinte er, wir sollten jetzt auch das Pfarrhaus besichtigen, was mit einem leisen Fluge von Verlegenheit von Seite des guten Pfarrers erwidert wurde.

Letzterer gab sogleich Befehl, die Zimmer aufzusperren und bald machten wir uns auf den Weg der Einsicht. Der Herr Bischof ließ sich in das Wohnzimmer führen und dort die schöne freundliche Lage rühmend, fragte er: "Nun, Herr Pfarrer, haben Sie auch eine recht schöne Bibliothek?" "Hier sind meine Bücher", antwortete der Pfarrherr, auf eine Stellage zugehend, die wie es schien, zu sehr sorgfältig mit dem grünen Vorhange geschlossen war. Er zog den Vorhang weg, aber o Jemine! eine Hose baumelte vor den Büchern! Die Haushälterin hatte offenbar rasch aufgeräumt und die Unaussprechlichen hierher verborgen. Rasch griff der Pfarrer etwas tiefer, um dieses Schaustück mit dem Vorhange zugleich zu packen, allein jetzt waren es die Hosenträger, welche die Rolle des Verräthers übernommen hatten. Parochus war roth vor Verlegenheit, Reverendissimus lächelte, ich hatte die ganze napoleonische Kokarde im Gesicht, roth, blau und weiß, so gewaltsam mußte ich den drohenden Lachkrampf bekämpfen.

Bischof Weis lobte die guten Bücher, empfahl einige andere sehr gute und dann kehrten wir zurück, uns in Bälde verabschiedend.

Kaum war die Chaise geschlossen und wir einige Schritte gefahren, als er sagte: „Aber der gute Mann war in Verlegenheit, ja, ja, den haben wir gekriegt!" und als ich nun ungenirt in das unbändigste Gelächter ausbrach, gab er mir gleich die Antwort: „Er ist aber sonst ein ganz wackerer Mann, es war ihm halt heiß!" Und still lächelnd freute er sich selbst über den Vorfall.

Einen neuen Zweig der oberhirtlichen Thätigkeit pflanzte und pflegte Bischof Nikolaus durch die von ihm am Schlusse der Visitation eines jeden Dekanats abgehaltenen Visitationsconferenz, die er als kleine Diöcesan=

synode betrachtete. Ueber die Visitation der einzelnen Pfarreien wurden von dem Begleiter des Bischofes in den ersten zehn Jahren des oberhirtlichen Amtes nur kurze Bemerkungen aufgezeichnet und die meisten sich ergebenden Umstände, Bitten und Beschwerden gewöhnlich an Ort und Stelle mündlich beschieden. Später hatte jeder Pfarrer, in dessen Gemeinde oberhirtliche Visitation vorgenommen ward, vorher hundert Fragen in einem hiezu eigens gedruckten, und ihm übersendeten Formulare, schriftlich und kurz zu beantworten. Diese Fragen betrafen den kirchlichen und sittlichen Zustand der Pfarrei überhaupt, die bauliche Beschaffenheit der Cultusgebäude, die persönlichen Verhältnisse der Geistlichen, die Amtshandlungen der Seelsorger, die Schulen und Lehrer und endlich des Armenwesen. Gewissenhaft beantwortet lieferten sie einen vollständigen Ueberblick des christlichen und kirchlichen Lebens und Wirkens in jeder Pfarrgemeinde. Die Beantwortung dieser Fragen und die von dem betreffenden Dekane vor der Visitation beigefügten, näheren Erläuterungen, gaben nunmehr auch häufig Veranlassung zu weiteren Aufforderungen, zu mündlichen und schriftlichen Bescheiden und Mahnungen des Oberhirten. Ein Hauptgewicht zur Belehrung, Zurechtweisung, Tröstung und Aufmunterung im priesterlichen Amte legte der hochselige Bischof auf die Visitations-Conferenz, welche jedesmal am Schlusse der Visitation eines Dekanats, mit den sämmtlichen Geistlichen desselben, gewöhnlich in der Pfarrkirche des Dekans, abgehalten wurde. Sie ward stets mit einem feierlichen Gottesdienste eröffnet und nach demselben das Volk entlassen. Der Bischof hielt dann nach feierlicher Anrufung des heil. Geistes, von den Stufen des Altares eine ernste Ansprache über die Würde, den Beruf und die Pflichten des geistlichen Standes. Er ergoß sein väterliches Herz in brüderlicher Offenheit vor den um ihn her versammelten Mitarbeitern im Weinberge des Herrn und gab ihnen seine Wünsche und Anliegen, seine Freude und seinen etwaigen Kummer ohne Rückhalt kund. Das bei der oberhirtlichen Visitation wahrgenommene Gute wurde gerühmt, die Mißstände gerügt, die Nachlässigkeit getadelt, die Fehler beredet, das noch zu Erstrebende geschildert, mannigfaltige Winke zur Umsicht und Klugheit, zur Unbescholtenheit des Wandels, zum Eifer im Amte, zur Gottes- und Nächstenliebe, zur brüderlichen Eintracht und Verträglichkeit, zur Geduld und Langmuth, zur Gottergebenheit und Frömmigkeit in väterlicher Liebe ertheilt. Das Ergebniß der verschiedenen Antworten auf die Visitationsfragen ward ebenfalls berührt und im Allgemeinen das Nöthige hiezu bemerkt, besprochen und erläutert. Jedem einzelnen Geistlichen war es hiebei freigestellt, seine Wünsche und Anliegen vorzubringen, auf besondere Aergernisse und Uebelstände in den Gemeinden aufmerksam zu machen und besondere Gegenstände und Pastoralfälle zur Berathung und zur oberhirtlichen Entscheidung vorzubringen. Was von dem Bischofe sogleich mündlich konnte erledigt werden, geschah ohne allen Rückhalt, was aber reifere Erwägung und die Einsicht früherer Verhandlungen erheischte, wurde aufgezeichnet und später schriftlich erledigt.

Dadurch wurden nicht selten allgemeine Verordnungen für die Diöcese veranlaßt.

Der Segen dieser Conferenzen zeigte sich in der immer deutlicheren und allgemeineren Erkenntniß von der richtigen Stellung und hohen Verpflichtung der Pfarrgeistlichkeit. Diese schöpfte aber hieraus nicht nur eine begeisterte

Ueberzeugung, sondern legte auch mit Ernst und Entschiedenheit Hand an das Werk, um die Obliegenheiten ihres ernsten und wichtigen Berufes zu erfüllen. Allenthalben wurde eine erfreuliche Regsamkeit wahrgenommen, ein edler Wetteifer verspürt.

Noch eine weitere Frucht konnte man deutlich wahrnehmen. Ich staunte schon früher, wie ich noch als Priester in Würzburg war, über das selbst bei den auf der Universität studirenden Theologen vorhandene unbedingte Abhängigkeits= und Anhänglichkeitsgefühl, das sogar diese junge Leute so enge an ihren Bischof kettete. Später erkannte ich die Ursache. Es war das Bewußtsein der Zusammengehörigkeit, das Wissen: unser Bischof arbeitet mit uns, nimmt direct Antheil an unsern Arbeiten, streitet und leidet mit uns, darum müssen wir zu ihm stehen, weil Er zu uns steht. Und in der That: Bischof Weis brauchte blos die Losung zu geben und schon stand sein gesammter Klerus auf seiner Seite. Mochte Mancher so oder anders denken — die bischöfliche Losung ist gegeben, darum müssen wir jetzt dieß thun, war allgemeine Praxis. Es war wundervoll. Bischof Weis wußte eben:

die Aufgabe meines Klerns ist die meinige, nur habe ich mehr Verantwortung, darum muß ich der Eifrigste sein.

Zum Schlusse dieses Abschnittes sollte ich noch hinzufügen, wie sehr Bischof Weis bemüht war, seine Diöcese durch die von ihm zuerst eingeführten Volks-Missionen in religiöser und sittlicher Weise zu heben. Er ging in dieser Beziehung den widrigen polizeimäßigen Vorschriften der Regierung und des Ministeriums entgegen mit aller Entschiedenheit vor, besonders als es sich um die so verhaßten, aber dem Volke zuträglichsten Jesuitenmissionen handelte. Er mußte aber bald, weil im Kampfe vereinzelnt und natürlich der materiellen Gewalt gegenüber mit geistigen Kräften nicht siegend, sich den engherzigen Präventivmaßregeln der Regierung fügen. Er konnte nicht anders, obgleich er darin stets, wie ich es oft aus seinem Munde hörte, nur eine Rechtsverletzung gegen das Concordat erblickte und den Schaden, welcher hiedurch der katholischen Kirche, dem Christenthume und dem Bestande der weltlichen Obrigkeit selbst zugefügt wurde, ganz genau kannte. Allein gegen die Gewalt vermag auch der Beste nichts.

c. **Bischof Weis als guter Hirte seiner Diöcese.**
Fortsetzung.

Wenn Bischof Weis bestrebt war, den Klerus und das gläubige Laienvolk anzueifern für die Zierde des Hauses Gottes, als jenes Tempels, in dem die unblutige Erneuerung des Kreuzopfers Christi stattfindet, so läßt sich annehmen, daß er gewiß auch für den Schmuck seines Gotteshauses, seiner Kathedrale die höchste Sorge trug.

Es läßt sich unbedingt sagen, vor den Augen der Christenheit ist das schönste Werk und das herrlichste Denkmal seines Eifers für die Ehre Gottes der unter seiner Amtsführung wieder hergestellte und so prachtvoll ausgeschmückte Kaiserdom in Speyer. Die hochherzige Munificenz des kunstsinnigen Königs Ludwig I. galt wohl in erster Linie dem Kaiserdome selbst, diesem herrlichen Bauwerke des blühenden Mittelalters.

Dieser oft schon schwer vermißte König wollte, nachdem er bereits durch so viele Prachtbauten an der Isar und Donau und am Maine seinen Namen verewigt, durch eine neue Schöpfung die Ehre Gottes, den Triumph der Künste und seinen Nachruhm erhöhen. Es galt ein Werk erster Größe auf dem Gebiete der religiösen Historienmalerei, es galt eines der denkwürdigsten Gotteshäuser, die in dem jetzigen Bayern dem Mittelalter ihr Dasein zu verdanken haben, mit Wandmalereien auszuschmücken.

Die Wahl konnte blos schwanken zwischen Bamberg und Speyer und das Resultat der Berathung des Oberbaurath Gärtner, des Professors Heinrich von Heß und seines Schülers Schraudolph mit dem königlichen Mäcenas war: Speyers Dom ist das würdigste Bauwerk! 1845 soll begonnen werden!

Ich sage, wenn auch der Dom selbst in erster Linie die Munificenz des Königs so sehr begeisterte, so war doch dieß, daß der edle König in der Ausführung der unternommenen, so hohen Kostenaufwand erfordernden Ausschmückung des Domes (die Ausmalung kostete allein 138,520 fl.) nicht ermüdete und daß er auch bei der Niederlegung seiner Krone den Dom in Speyer nicht vergaß und seinem Sohne und Nachfolger König Maximilian II. mit der Krone auch die Fortsetzung des herrlichen Werkes in die Hand legte — dieß war das Verdienst des Bischofes Nikolaus und der Freundschaft des Königs, die er sich im höchsten Grade erworben hatte.

Und wie den königlichen Wohlthäter selbst, so wußte Bischof Nikolaus auch die beiden Künstler, denen die innere Ausschmückung und später der äußere Ausbau des Domes übertragen wurde, den Maler Schraudolph und den Baumeister Hübsch, durch seine liebenswürdige, wohlwollende und so aufrichtige Freundschaft mit wirklich hingebender Liebe an den Dom zu fesseln.

Für Speyer wird lange keine Zeit wieder kommen, so schön und anregend wie jene, wo Schraudolph, Schwarzmann und später Hübsch dort weilten und in enger Freundschaft mit dem Bischof das herrliche Werk beriethen und schufen, das nun als eines der schönsten Gotteshäuser der Welt dasteht. Wie ehedem die deutschen Kaiser, so kamen jetzt die Könige und Prinzen aus dem Hause Wittelsbach, namentlich aber König Ludwig sehr häufig nach Speyer in den Dom und so oft dieses geschah, war es für die Stadt und die Kathedrale ein Fest.

Als der Dom im Baue, auf der Westseite insbesondere, ganz hergestellt und mit den herrlichen Malereien im Innern geschmückt war, begann die Beschaffung schöner Paramente, die Herstellung kunstreicher Teppiche und Fahnen und aller jener heiligen Geräthschaften, welche in dem vorher ganz verarmten Dome jetzt so reichlich und in so ausnehmender Schönheit vorhanden sind. Und das Meiste geschah auch hier wieder durch freiwillige mildthätige Spenden, welche auf die Anregung des vielgeliebten und allverehrten Oberhirten von allen Seiten und theilweise aus weiter Ferne her zusammenflossen.

Mehrere großartige Festlichkeiten, wie die Einweihung des neuen Hochaltares, das Fest der achthundertjährigen Weihe des Domes (1861), dann die feierliche Benediction der Heiligenbilder an der neu erbauten westlichen Façade verherrlichten die fortschreitende Restauration und Vollendung des Domes.

Erst im Jahre 1868, nachdem die großen Arbeiten am Dome längst abgeschlossen waren, wurde die letzte Restaurationsarbeit unternommen und glücklich vollendet. Statt der sehr beschädigten und die archetectonische Schönheit der Ostseite des Domes arg entstellenden Holzwand wurde der schön gegliederte Ost-

giebel nach einer von Hübsch schon früher an=
deutungsweise entworfenen Skizze aufgeführt.

So erlebte Bischof Nikolaus ein Jahr
vor seinem Hinscheiden die vollständige Re=
stauration des Domes, die nur möglich gewesen
war unter den Auspicien eines so kunstsinnigen
und zugleich so kirchlich gesinnten Monarchen,
wie es Ludwig I. war. Der geistvolle Monarch
war aber auch feinfühlend genug, den Seelen=
adel und das reine Gemüth, die Berufstreue
und Opferwilligkeit des Glaubenswächters am
Kaiserdome gehörig zu würdigen und zu schätzen.
Man durfte fest überzeugt sein, wenn Bischof
Nikolaus mit einer Bitte für einen wohl=
thätigen Zweck an den König sich wandte,
daß dann die Erhörung des Gesuches nicht
lange zögerte. So kam es, daß eine Reihe
religiöse Anstalten gegründet, befördert und
unterstützt, so viele Kirchen gebaut und ausge=
schmückt werden konnten. Hören wir nur,
was offenkundig von Ludwig I. für die
katholischen Kirchen der Pfalz gegeben wurde:

1. Kirche in Annweiler 1858 . 1000 fl.
2. „ „ Berzabern 1863 . 2000 fl.
3. „ „ Birkweiler 1867 . 3000 fl.
4. „ „ Duttweiler 1858 . 1000 fl.

5. Kirche	in	Edenkoben 1865 .	4000 fl.
6. „	„	Eusserthal 1867 .	1000 fl.
7. „	„	Feilbingert 1861 .	1000 fl.
8. „	„	Hochspeyer 1858 .	1000 fl.
9. „	„	Homburg 1838 .	5000 fl.
10. „	„	Karlsberg 1866 .	4000 fl.
11. „	„	Kirchheimbol. 1873	1000 fl.
12. „	„	Kusel 1859, 1860 .	5000 fl.
13. „	„	Ludwigshafen 1859	8600 fl.
14. „	„	Mühlbach 1845 .	1000 fl.
15. „	„	Neustadt 1853, 1864	24,000 fl.
16. „	„	Obermoschel 1866 .	3000 fl.
17. „	„	Oberwiesen 1865 .	1000 fl.
18. „	„	Reichenbach 1855 .	1000 fl.
19. „	„	Reifenberg 1847 .	200 fl.
20. „	„	Sankt Martin 1864	1000 fl.
21. „	„	Waldfischbach 1858	2000 fl.
22. „	„	Weisenh. a. S. 1865	800 fl.
23. f. d. Kapelle z. Leistadt 1864 . .	500 fl.
24. „ „ „ „ Queidersbach 1854	500 fl.
25. zur Unterstützung der Kirche zu Edenkoben 1852, 1857	600 fl.
26. z. Unterst. d. Kirche z. Germersheim 1862	400
27. „ „ „ „ „ Elmstein 1858 .	300
28. „ „ „ „ „ Freinsheim 1865	900
29. „ „ „ „ „ Kirchmohr 1845	900

30. z. Unterst. d. Kirche z. Zell 1864 . . 300
31. „   „   „   „   „ Pirmasens 1844 200
32. „   „   „   „   „ Weilerbach 1840 100
33. „   „   „   „   „ Kusel 1840 . . 300
34. „   „   „   „   „ Dürkheim 1866 . 200
35. „   „   „   „   „ Schönau 1845 . 300

Dazu kommen noch 10,000 fl. für die Armen= und Krankenhäuser in Landstuhl, Pirmasens, Frankenthal, Hambach, Silz, Rheinzabern und Edenkoben. Man kann nun aber bestimmt behaupten, alle Schenkungen seit 1842 wurden durch den bischöflichen Fürsprecher erwirkt und auch durch diesen wieder gespendet.

Diese seine Thätigkeit führt uns auch auf sein Bemühen um die Klöster und religiösen Genossenschaften. In dieser Beziehung hat sich der Oberhirte vorerst um die Errichtung, Unterstützung und das Gedeihen des Minoritenklosters zu Oggersheim, des einzigen Mannsklosters in der Diöcese Speyer keine geringen Verdienste erworben. Ganz dem Charakter des Mannes entsprechend, hatte Präsident Fürst von Wrede auf die Bitte des Oberhirten und der Gemeinde Oggersheim um Wiederbelebung der dortigen Wallfahrt mittelst Ordensgeistlicher, an das Ministerium berichtet, „die gute

Stimmung des Volkes würde dadurch verborben und dessen Anhänglichkeit von der Regierung abgewendet werden." Allein durchgehends hatte König Ludwig gesunderen Sinn, als seine Berichterstatter; er achtete auf das Gutachten des lieben Bischofs und seiner Geistlichkeit mehr und schon am 21. April 1844 wurde die Stiftung mit einem Kapitel von 80,000 fl. unterzeichnet, die bauliche Zurichtung unverweilt in Angriff genommen und am 3. Mai 1845 zogen die Väter des hl. Franziskus in ihr Klösterlein ein — ein Segen für Oggersheim und weite Umgegend. Die Angriffe auf dieses Institut in dem Jahre 1848 und den folgenden von Seite der damaligen Thronumstürzer und jetzigen scheinbaren und trügerischen Stützen des Thrones, gaben dem Bischofe nur Gelegenheit, seinen Muth und seinen Eifer für die katholische Kirche und ihre Institute zu bethätigen.

Sehr bedeutungsvoll und segensreich waren auch die Bemühungen unseres seligen Bischofes für die Niederbronner Schwestern. Diese Congregation wurde 1849 zu Niederbronn im Elsaß von Elisabetha Eppinger (als Oberin heißt sie Maria Alphonsa) gegründet mit demselben

Zwecke wie die barmherzigen Schwestern, nur mit dem Unterschiede, daß sie zunächst und vorderſamſt die Armen und Kranken in den einzelnen Wohnungen aufſuchen und verpflegen. Ihr Leben und ihre Wirkſamkeit iſt bisher über alles Lob erhaben geweſen und geblieben und in ſolcher Weiſe kannte ſie Biſchof Weis durch die Berichte ſeines alten biſchöflichen Freundes, des hochwürdigſten Herrn von Straßburg, Dr. Räß. Man wünſchte anfänglich, ein ähnliches Mutterhaus, wie in Niederbronn, für die Diöceſe Speyer zu begründen, allein es ging nicht. Daher nahmen die geſetzlich geſtatteten Vereine des hl. Vincenz und der hl. Eliſabeth ſich um die Sache an und am 9. September 1852 trafen 4 Schweſtern in Speyer ein, gleichſam als Dienſtmägde dieſer Vereine für ihre Zwecke. Sie wirkten eifrig und opferwillig in ihrem ſchönen Berufe mit ehrender Anerkennung von Seiten der Katholiken, wie von Seiten der Proteſtanten.

Deßhalb nun wurden ſolche Schweſtern mehrfach in Gemeinden von den Vereinen benützt und nirgends erhob ſich gegen ſie eine offene Klage. Da vermachte 1851 in Rülzheim ein edler Mann, Einnehmer Braun war der Wackere, sein bedeutendes Vermögen (74,000 fl.) den Armen, Waisen und Kranken, mit dem Wunsche, Ordensschwestern als Vollzieherinnen seines letzten Willens aufgestellt zu sehen. Barmherzige Schwestern waren nicht zu erhalten, deßhalb wandte man sich nach Niederbronn und zwar mit Erfolg. Natürlich, das große Vermögen! hier mußte ein Schlag geführt werden — von wem? Ich will es nicht aussprechen, aber Dr. Remling scheint es mir in seiner Schrift anzudeuten. Kurz — am 15. December 1854 erschien eine allerhöchste Entschließung, daß die Berufung der Niederbronner Schwestern zur Uebernahme der Krankenpflege in den Anstalten und Gemeinden der Pfalz nicht genehmigt werden könne und daß hiernach die königliche Regierung das Weitere zu verfügen habe.

Präsident Hohe hätte nun freilich als Jurist wissen sollen, daß es zweierlei sei, ob eine Gemeindeanstalt einer religiösen Körperschaft übergeben wird oder ob Privatleute ihre Kranken durch Religiosen gleichsam als ihre Dienstboten pflegen lassen. Allein entweder wußte er es nicht, oder er wußte es. — Als Calvinist ohnehin ohne rechtes Verständniß für katholische Einrichtungen und gewohnt, katholische Dinge in militärischer, hauptmannmäßiger Weise zu behandeln, ordnete er durch Befehl an die Landkommissäre die Ausweisung der Schwestern an. Der liebe gute Landkommissär von Homburg wollte gar gleich die Schwestern von Landstuhl innerhalb dreier Tagen außer Landes wissen, auch der von Pirmasens war wie immer gleich beim Zeuge, Bähr hieß der Wackere; der von Neustadt jedoch benahm sich nobel.

Bischof Weis spannte nun seine gesammte Thätigkeit an für die Rettung der Schwestern und für Vertheidigung der Rechte der Katholiken. Alle Katholiken nicht blos der Pfalz, sondern von ganz Bayern standen offenbar auf seiner Seite. Er war sogar bereit, dem Pfarrer von Hambach, der deßhalb nach München reiste, trotz der Winterkälte nachzueilen (Januar 1855). Gleich anfangs lauteten die Berichte über den Erfolg der Vorstellungen des Bischofes und der betreffenden Gemeinden nicht beruhigend und Hohe hatte noch die Befriedigung in einer Verfügung an die Landkommissäre die Art und Weise der Fortschaffung der armen Schwestern bestimmen zu können. „Es ist dabei mit möglichster Vermeidung alles öffentlichen Aufsehens zu verfahren und den Schwestern eine dem kirchlichen Kleide entsprechende anständige Behandlung angedeihen zu lassen. Ihre Verbringung über die Grenze wird am Besten in verschlossenen Wagen und in Begleitung eines Polizeibeamten geschehen können."

Allein schon am 23. Januar wurde, wie Dr. Remling erzählt, „dem Bischofe von kundiger hoher Hand geschrieben, daß am Tage vorher dem Präsidenten der Pfalz der allerhöchste Befehl zugegangen sei, mit der Ausweisung der Schwestern inne zu halten. Dem Schreiben war beigefügt: Der Herr Präsident scheint nicht ehrliches Spiel zu spielen. Nachdem er 5 Jahre die Schwestern von Niederbronn unter seinen Augen geduldet, spricht er jetzt in einem ganz andern Tone." So bei Remling. Man hatte endlich doch in München erkannt, daß kein Grund vorhanden sei, mit den armen Töchtern des hl. Erlösers wie mit Landstreicherinnen zu verfahren. Es wurden vielleicht auch unliebsame Interpellationen in den Kammern befürchtet, die bereits vorbereitet waren. Es sei demnach, wurde entschieden,

„der Aufenthalt huldvollst gestattet, unter dem Vorbehalt alsbaldiger Entfernung, sobald Gründe hiezu gegeben sein sollten!"

Der gute und eifrige Bischof war um eine Sorge leichter, aber auch um einen Lorbeerzweig in seiner Siegeskrone vor Gott reicher!

Weniger betheiligt war der Hochselige an der Begründung des Mutterhauses der Franziskanerinnen in Pirmasens und der Weiterverbreitung dieses Instituts. Ihm war es nicht so ganz recht, daß Dr. Narbini, der Stifter der Congregation, so sehr die Ausbreitung seines Unternehmens, statt der innern Durchbildung betonte. Daß Bischof Weis natürlich nie seine Beihülfe und seine Unterstützung, auch nicht bei der Regierung entzog, versteht sich von selbst, aber mehr ein Liebling war ihm das Waisenhaus zu Landstuhl.

Der eigentliche Gedanke zu diesem segensreichen Institute ging von dem Klerus des Kapitels Landau aus (1850) und da der Klerus der Speyerer Diöcese für große und kirchliche Dinge stets zu begeistern war, Dank dem leuchtenden Vorbilde des Bischofes! so schlossen sich unmittelbar auch die Geistlichen der andern Kapitel opferwillig an. Bereits am 26. November 1851 konnte man auf einer Versammlung zu Kaiserslautern den Beschluß fassen, ein katholisches Waisenhaus zu gründen, das gesammte Vermögen dem Bischof unter dem Schutze des hl. Nikolaus anheimzustellen, der es einem geistlichen Orden übergeben solle. Das Ganze sei unabhängig von weltlicher Bevormundung, eine rein kirchliche Anstalt. Bischof Weis war nicht persönlich zugegen, da er schwer krank lag, hatte aber einen Stellvertreter gesendet.

Nachdem mehrere Gemeinden opferwillig die Aufnahme des zu gründenden Institutes zugesagt hatten, wurde Landstuhl erwählt, als der passendste Ort. Die Gemeindeglieder selbst nahmen den aufopferndsten Antheil. Eine Deputation hatte in Aachen von dem dortigen Kloster der Frauen vom armen Kinde Jesu bereits die Zusage der Ueberlassung von Schwestern erhalten. Jetzt begannen die Unterhandlungen bezüglich der Erwerbung von Corporationsrechten; alle Bemühungen des Bischofes waren vergeblich, denn die Staatsgewalt wollte von solchen blos unter der Bedingung wissen, wenn das „oberste Aufsichtsrecht des Staats" zugestanden würde. Den Willen des Clerus und des katholischen Volkes kennend, ging Bischof Nikolaus auf diese Klausel nicht ein.

Das Werk aber schritt rüstig voran, ein St. Nikolausverein wurde gegründet, am 1. Juni 1852 vom Bischof der Grundstein des Neubaues eingesegt. Rasch stieg das stattliche Gebäude in die Höhe und bereits am 15. Dec. 1853 wurde die Anstalt feierlich eröffnet. Die Opferwilligkeit des Klerus, des Volkes und vorab des Bischofes, der überall und in der sinnigsten Weise zu betteln verstand, hatte es ermöglicht. Er war es auch, der trotz aller Hindernisse es durchsetzte, daß die Waisenkinder im Hause selbst ihren Schulunterricht genießen durften. Endlich am 20. Juli 1857 erwirkte er auch für das Waisenhaus die Corporationsrechte. Das ganze Werk erhielt aber erst seinen Abschluß als er am 5. November 1861 die Kapelle der Anstalt zur Ehre der unbefleckten Empfängniß und des heiligen Bischofes Nikolaus einweihte.

So erhielt eines der schönsten Werke, welche den Hirtenstab des Bischofes Nikolaus zieren, seine Weihe und Vollendung. Der

Hochselige blieb demselben bis zu seinem Tode mit väterlichem Wohlwollen zugethan. Diesem Hause der Barmherzigkeit wendete er daher auch die ansehnliche Summe zu (1544 Gulden in Gold), welche ihm die Diötesangeistlichkeit bei der fünfundzwanzigjährigen Jubelfeier der bischöflichen Weihe zur Verfügung stellte. Aus gleicher Vorliebe war er Willens, sein fünfzigjähriges Priesterjubiläum am 22. August 1868 in der schönen Kapelle dieses Hauses zu feiern. Das Bedenkliche seiner Gesundheit vereitelte jedoch diesen Vorsatz. Doch übersendete er an jenem Tage der Verwaltung der Anstalt zur Erbauung eines Thürmchens auf der Kapelle die reiche Summe von 500 Gulden. Ebenso wenig vergaß der Höchstselige sein liebes Waisenhaus in seinen letztwilligen Bestimmungen. Es erhielt die Erbauungsbücher aus seiner Bibliothek und 3500 Franken.

Nun erübrigt noch über seinen Hirteneifer für die kirchlichen Vereine und Bruderschaften kurz zu berichten. Den Missionsverein hatte er schon früher im „Katholik" sehr befürwortet und ansehnliche Gaben für denselben gesammelt, der Piusverein erfreute sich seiner regsten Theilnahme, der Vincentiusverein kennt ihn und seinen Freund, Rath Emonts, als Begründer und erstes Mitglied; selbst um die Befestigung und Verbreitung des Kindheit Jesu Vereins erwarb er sich wesentliche Verdienste.

Ganz besonders aber lag ihm die Verbreitung der Verehrung unserer lieben Gottesmutter am Herzen. Ein Liebhaber des Rosenkranzgebetes suchte er dessen Uebung überall und bei jeder Gelegenheit, selbst mit Opferwilligkeit zu beleben. Das erste Fest der unbefleckten Empfängniß nach seiner Bischofsweihe (8. Dec. 1842) benützte der Oberhirte, um die alte Samstags-Andacht zur Mutter des Herrn, das sogenannte Salve, in allen Pfarreien der Diöcese anzubefehlen. Dazu kommt die allgemeine Verbreitung der Bruderschaft vom heiligen und unbefleckten Herzen Mariä zur Bekehrung der Sünder, die durch sein Bemühen fast in jeder Pfarrei der Diöcese eingeführt wurde. Damit stand in Verbindung die Einrichtung der Maiandacht in der Klosterkirche zu Speyer. Es mußte schon ein sehr triftiger Grund vorliegen, wenn der Hochselige an den Predigttagen bei dieser Andacht fehlen sollte. Aehnlich trug er Sorge, daß der Verein zur Anbetung des allerheiligsten Altarsakramentes und zur Unterstützung armer Kirchen in seinem Sprengel die segensreichen Früchte seiner Thätigkeit in reichstem Maße entwickelte. Nicht minder eröffnete er 1859 die so ergreifende Allerseelenbruderschaft in der Domkrypta zu Speyer, ihr sich selbst als Mitglied aggregirend, sowie auch der Aloysiusbund ihm sein Entstehen und Dasein verdankt. Die jüngste Bruderschaft, deren Gründung und Verbreitung der hochselige Bischof Nikolaus noch im letzten Jahre seiner Amtsführung förderte, war endlich die Bruderschaft der christlichen Mütter.

Man sieht, Bischof Weis war ein vollendeter Hirte. Selbst mit dem edelsten Beispiele voranleuchtend, war ihm keine Mühe zu groß und keine Anstrengung zu bedeutend und kein Opfer unerschwinglich, das er nicht gebracht hätte, um seine Schäflein zu leiten auf dem Wege der Tugend, sie zu weiden dort, wo die Speise blüht für den Himmel.

d. Bischof Weis als Lehrer seiner Diöcese.

Ich habe schon mehrfach Veranlassung gehabt, auf das stete Bemühen des guten Bischofes hinzuweisen, die ihm anvertrauten

Schafe zu speisen mit dem unverfälschten Brode der katholischen Lehre. Der Leser weiß selber, aus eigener Erfahrung, wie der Hochselige keine Gelegenheit vorübergehen ließ, die Wahrheiten des Glaubens nicht blos im eigenen Beispiele, sondern auch in Hirtenworten zum Ausdrucke zu bringen. Deßungeachtet noch einige Worte hierüber, aber auch eben deßwegen nur einige Worte.

Bekannt ist, wie eifrig Bischof Nikolaus als Domkapitular in der Verkündigung des göttlichen Wortes war. Dieser Eifer erhielt durch die bischöfliche Weihe nur neue Begeisterung. Nicht nur an den höchsten Festtagen, sondern auch in der Fastenzeit, bei der ersten hl. Kinderkommunion, am Sylvesterabende, bei den Ordinationen, bei Einkleidungen im Magdalenenkloster, bei den Festen der Vereine predigte er. Auf seinen Reisen geschah dieß oft täglich zweimal. Erst die lebensgefährliche Erkrankung im Jahre 1851 gebot ihm theilweisen Einhalt; aber es ist keine Pfarrkirche in der Diöcese, ja kaum eine Filialkirche, in welcher der gute Nikolaus nicht mehrmals die frohe Botschaft des Heiles verkündet hätte. Den Mai= und Festpredigten wohnte er immer bei, sowie meistens den sonntäglichen Predigten des Pfarrgottesdienstes im Dome.

Was weiterhin seine von ihm selbstgearbeiteten Hirtenbriefe, die so viel Salbung und Kraft enthielten, wirkten, ist Gott allein bekannt. Sie waren meistens zusammenhängend und wurden von ihm in unzähligen Exemplaren vertheilt. Seine auswärtigen Freunde, auch König Ludwig I., selbst wir Professoren am Gymnasium erhielten immer ein Exemplar. Sie waren sehr einfach gehalten, aber trotz ihrer Einfachheit und großen Ausdehnung war jeder Satz eindringlich gesprochen und voll von apostolischer Weisheit.

Wie sehr unser lieber Nikolaus besorgt war für den religiösen Charakter der Schulbildung, ist durch alle Gauen Deutschlands bekannt geworden. Daher auch seine Bemühungen für gute Lehrer sowohl an den Volksschulen, als an den gelehrten Anstalten.

Jedermann weiß, wie das 1817 gegründete Schullehrerseminar zu Kaiserslautern eine simultane Anstalt war. Bei solchen Verhältnissen können sowohl an und für sich, als wegen der Tendenz der leitenden Grundsätze die Katholiken nur verlieren. Sogar amtliche Berichte redeten von skandalösen Ausfällen gegen Katholizismus, Heiligenverehrung u. s. f. Es geschah nichts, erst die heftigen Angriffe des jungen Weis im „Katholiken" (1825) vermochten einige Besserung zu veranlassen. Allein wie sollte es besser werden, nachdem der stets katholikenfeindliche Landrath der Pfalz gegen jede Aufhebung des Simultaneums protestirte? König Ludwig I. war auch hier wieder besser gesinnt und 1828 wurde die Trennung befohlen, Geissel's und Weis' Bestrebungen hatten gesiegt.

Von jetzt an war es stets des Domdechanten und Bischof Weis' Absicht, die religiöse Bildung im Seminar zu heben und die mit den Vorständen gepflegte Freundschaft und Vertraulichkeit mußte seinen Tendenzen Vorschub leisten.

Wie viel Kummer daher der Huller'sche Schulgesetzentwurf vom Jahre 1867 und 1868 dem bischöflichen Herzen verursachte, ist leicht zu ermessen; er sparte keine Mühe, mündlich und schriftlich dagegen zu wirken; er sah ja darin nur den Versuch, die Kirche gänzlich aus der Schule zu verdrängen. Doch es sollte die Fülle des Schmerzes ihm vor seinem Tode noch zu Theil werden, als auf Veranlassung der liberalen Abgeordneten Golsen und Exter der Communalschulen-Sturm losbrach, eingeführt von dem be—kannten Bezirksamtmann Zenetti in Neustadt. Es kamen Scenen vor, würdig des Schandpfahles. Alle Bemühungen des Bischofes waren vergeblich, er konnte nur bittend und warnend, flehend und mahnend an seine Katholiken sich wenden und von ihrem gesunden Sinne das zu erwirken trachten, was er in Kraft des Gesetzes nicht zu erreichen vermochte. Schon im Angesichte des Todes entwarf er nochmals einen größeren Hirtenbrief, welcher die schwere Verschuldung erläutern sollte, mit der sich der Staat, die Gemeinde, die Eltern und Lehrer belasten, wenn sie die Communalschulen befördern. Es war der letzte Ruf des sterbenden Oberhirten an die Seelsorger der Diöcese; der Tod verhinderte ihn, denselben noch dem Drucke zu übergeben.

Die Gründung des bischöflichen Convictes zu Speyer ist zwar zunächst das besondere Verdienst des Bischofes Geissel, wobei gewiß der Einfluß seines Freundes Weis nicht zu unterschätzen ist, die großartige Erweiterung und die ansehnliche Ausstattung desselben aber ist als ein Werk des Bischofes Nikolaus anzusehen. Vor Allem benützte dieser seine ausgebreitete Bekanntschaft mit wohlgesinnten und wohlhabenden Personen, um mündlich und schriftlich Gaben zur Erweiterung und Sicherstellung der Anstalt zu ermitteln, was ihm in höchst erfreulicher Weise glückte. Dazu kommen die Sammlungen in andern Diöcesen und die außerordentlich opferwillige Theilnahme des Clerus und der Laien, so daß auch eine bedeutende Erweiterung des ursprünglichen Baues ermöglicht wurde.

Diese oberhirtliche Fürsorge wurde denn auch von reichem Segen des Himmels gekrönt. Ich kann aus Erfahrung öffentlich das Zeugniß ablegen, daß das Convict die ausgezeichnetsten, fleißigsten und sittenreinsten Schüler des Gymnasiums Speyer liefert und daß, wenn man den Geist des seligen Nikolaus in dem Institute aufrecht zu halten bestrebt ist, die Anstalt immer der größte Segen der Diöcese bleiben wird.

Ebenso besorgt war Nikolaus für den Geschichtsunterricht an den beiden Pfälzer Gymnasien; er war es sich bewußt, in welche perfider Weise dieser Gegenstand zur Verunklimpfung und Beschimpfung der katholischen Kirche ausgenützt wird. Seine außerordentlichen Bemühungen wurden 1845 mit Erfolg gekrönt. Dabei darf ich nicht unerwähnt lassen, in welch väterlicher Weise Bischof Nikolaus sich stets um diese Geschichts- und Religionslehrer angenommen hat, sowohl um ihre Person, als insbesondere auch um den Unterricht. Ich rechne es dem Hochseligen zu großem Verdienste an, daß er alljährlich mehrmals die Klassen besuchte und so durch Ermahnung und Aufmunterung für die Gedeihlichkeit des Unterrichtes Sorge trug.

Wenn Bischof Nikolaus so in der Klasse saß, umgeben von den lebensfrohen Buben, da schien es mir, als ob die alte Professorennatur wieder in ihm auflebte, nur durchgeistigt von der Gnade des bischöflichen Hirtenamtes. Er war da gleichsam in seinem Elemente; je heiterer und couragirter Einer sprach, desto lieber war es ihm. Er lachte geradezu, wenn manchmal die Zutraulichkeit in naiver Weise sich äußerte und es war wahrhaft ein herzliches Verhältniß, das er hier zwischen sich und den Studenten zu erwecken wußte. Keine

Verlegenheit, keine Scheu machte sich in solchen Studenten geltend; aber sie liebten ihn auch von ganzer Seele und ich habe oft in den Augen der „Pfälzer Buben" Thränen gesehen, wenn sie von ihm wegen ihres Eifers und ihres wirklich wackeren Strebens belobt wurden.

O, es war ein großer Segen auf diesen Besuchen und ich hätte kein größeres Schreckmittel für einzelne Nachlässige finden können, als: „Nun gut, ich werde es bei nächster Gelegenheit dem gnädigen Herrn sagen!"

Sein Verfahren in der Schule gibt mir Veranlassung einschaltungsweise seine Freundlichkeit im Umgange, welche belehrend war im Beispiel und Wort, zu berühren.

Wenn man den hohen stattlichen Mann sah, wie er breit und stark gebaut, wohl sechs Fuß hoch, mit festem Tritte und stets etwas rasch gehend, z. B. den Weg von seiner Wohnung zum Dome zurücklegte, so mußte man auf den ersten Blick den Eindruck bekommen, daß Thatkraft, fester und energischer Wille, rasches und entschiedenes Handeln ihm eigenthümlich seien. Aber dieser Körper trug das bildschöne Haupt eines im Dienste des

Altars und der Kirche silberweis gewordenen Greises. Die tiefsinnigste Frömmigkeit sprach aus dem seelenvollen, großen Auge, sein heiterer Sinn fesselte den, welcher mit ihm sprach und die langen, schneeweißen Haare, welche in reicher Fülle sein lebensvoll gefärbtes Antlitz umlockten, trugen nur bei, die ganze Erscheinung ehrwürdiger, aber auch zutraulicher zu machen. Ich glaube, im einfachsten geistlichen Kleide hätte Jedermann in ihm den Bischof und zwar den apostolischen Bischof erkannt.

In jedem Gespräche wußte er eine Seite aufzufinden, die auf Religion, Kirche, auf die Ehre Gottes sich bezog und mitten in der Rede kam plötzlich so ein Gedanke zum Vorschein. Wovon sein Herz voll war, davon floß sein Mund über. Das war es auch, was Jeden, mochte er selbst im vertraulichsten Verkehre ihm gegenüber stehen, fühlen ließ, es sei ein Bischof, ein Nachfolger der Apostel, mit dem man spreche. Und doch fühlte man auf der andern Seite wieder so eine kindliche Liebe gegen ihn, — ein Zauber, den er durch seine Liebenswürdigkeit ausübte.

Ich will in dieser Beziehung nur ein Beispiel erzählen, das ich für so recht geeignet halte, seine Herablassung und Freundlichkeit vor Augen zu stellen.

Bekannt und bereits erwähnt ist die außerordentliche Gastfreundschaft des gnädigen Herrn. Jeder Priester der Diöcese, der nicht bei einem Freunde oder Bekannten in Speyer zu Gaste war, konnte ungescheut im „Gasthof zum goldenen Kreuze", wie man sein Palais nannte, einkehren. Führte Jemand einen fremden Gast bei ihm zu Besuch, so war es selbstverständlich, daß Beide Mittags bei ihm „zu Tafel" waren.

Im Herbste 1865 erhielt ich Besuch von zwei Geistlichen aus Regensburg. Obgleich ich es mir vom lieben Bischofe nicht nehmen ließ, die zwei Herren bei mir zu bequartiren, so mußte ich doch mit den beiden immer beim „gnädigen Herrn" zu Tische sein, denn, wie er väterlich besorgt meinte, „zwei Gäste zehren so einen armen Schulmeister völlig auf, zumal er die Kartoffeln nicht gerne ißt." Natürlich gingen wir, wie ich es ungenirt täglich thun konnte, Nachmittags in den Garten des hochwürdigsten Herrn, damit meine Freunde doch auch einmal „Pfälzer Trauben" genießen könnten. Wir waren noch nicht lange da, als auch schon der liebe Herr, der darum wußte, kam und nun hätte man sehen sollen, mit welcher Emsigkeit er die Leiter herumtrug und darauf auf= und abstieg, um ja die besten Trauben für meine Gäste herabzuholen. Unendliche Verlegenheit hatte diese gepackt und ihnen die Gurgel zugeschnürt und da beide ohnehin keine gewohnte Meisterschaft in Höflichkeits=Redensarten hatten, so waren sie bald völlig „erlegt", so daß der hochwürdigste Herr in lautem Lachen sich erlustigte über die ganz aus der Fassung gekommenen zwei kleinen Herrchen!

Nun sollte ich zum Schlusse noch jene traurige Geschichte besprechen: den Speyerer Seminarstreit. Ich will dieß unterlassen. Ich glaube nicht, daß das Ministerium in der Weise vorgegangen wäre, wenn nicht ein unglücklicher Mann es inspirirt hätte, dessen trauriges Verhalten jetzt die Kirche verwirrt.

e. **Die letzte Freude des Bischof Weis und sein Tod.**

Am 10. Juli 1867 waren es 25. Jahre, daß Bischof Nikolaus die Gnade des Episcopates empfangen hatte. Es sollte dieser Tag ein Festtag werden für den Jubilar, für seinen

Klerus, für die ganze Diöcese. Reiche Geschenke waren vorbereitet, vom Domkapitel und Stadtklerus in Speyer ein Krummstab, von den Dominikanerinnen ein Fußteppich für die Hauskapelle, vom Waisenhause in Landstuhl eine Mitra, von den Franziskanerinnen in Pirmasens ein Antipendium zum Hochaltar der Kathedrale sammt Altartuch, der Verein zur ewigen Anbetung in Speyer schenkte ein Behänge für den Thronhimmel, die Speyerer Lesegesellschaft eine Wandkapelle, die Pfarrei Dudenhofen eine Madonna, der Kuratklerus 1544 Gulden in Gold für eine Diöcesanstiftung, das Kloster in Oggersheim ein Pontifikale, — Professor Abt Haneberg in München ein Stückchen der Stola des hl. Nikolaus, Zuschriften kamen von den Professoren in Mainz und von der theologischen Fakultät in Würzburg, als literarische Festgaben lieferte Dr. Remling die „neuere Geschichte der Bischöfe von Speyer", ich das „Officium unius Martyris in seinem Zusammenhang erklärt."

Doch alle diese äußeren Zeichen der Huldigung und Verehrung erfreuten den heißgeliebten Oberhirten nicht so sehr, als die treue Anhänglichkeit und aufrichtige Liebe,

welche ihm bei diesem festlichen Anlaß von
Geistlichen und Laien erwiesen wurden.

O, es war ein unendlich großartiger
Augenblick, als der hochwürdigste Herr nach
vollendetem Pontifikalamte, bei dem der große
weite Dom geradezu überfüllt war, auf seinem
neugezierten Throne sich niederließ, um mit
den gereichten Geschenken Stab und Mitra
geschmückt, den Ausdruck der Gefühle innigster
Liebe und Dankbarkeit, die Glückwünsche in
Empfang zu nehmen. Bei dem kirchlichen
Rufe: „Ad multos annos! Noch lange Jahre!"
in welchen nahe 200 anwesende Priester ein=
stimmten, widerhallte die hohe Wölbung des
Domes von dem Jubel seiner Kinder.

Eine feierliche, ernste Stimmung herrschte
hiebei in der Seele des greisen Oberhirten,
die auf seinem Antlitze nicht zu verkennen war.
Diese Stimmung überkam auch alle umstehenden
Priester, als der Jubilar in dankenden Worten
die Ansprache erwiderte. Hierauf empfing er
die Huldigung der Priester durch Händedruck
und Kuß des bischöflichen Ringes, während
er auf dem Thronsessel saß. Dieser Act war
das treue Abbild der Liebe und Anhänglichkeit,
welche die Priester zu ihrem Oberhirten fühlten.

War es doch nur die innige Verehrung und vollste Hingebung, welche selbst die ältesten Priester zu dem Feste geführt hatte. Einige derselben mußten von der Hand jüngerer Mitbrüder geführt und durch deren stärkeren Arm gestützt werden, als sie die Stufen des bischöflichen Thrones zum Handkusse emporwankten, mit Thränen in dem Auge, welche auch aus den Augen vieler Anderer Thränenperlen hervorriefen, kostbarer als die Perlen, die vom neuen Krummstabe herableuchteten. O es war ein himmlischer Act!

Nach vollendeter Huldigung, trat der Bischof zum Hochaltar und mit seiner hellen Stimme sang er das Te Deum laudamus! Aus tausend Kehlen erscholl der festliche Preisgesang: Großer Gott wir loben Dich! wie er vielleicht nie freudiger durch die hohen Räume getönt hatte.

Zu Hause angekommen, empfing er die Glückwünsche der Staats- und Militärbehörden und sonstiger Laien, ein Festmahl im Seminarhofe vereinigte am Nachmittag den Bischof und seinen Klerus in patriarchalischer Liebe.

Die Zeit der Feier hatte den Bischof stark angegriffen und mehrmals hatte er vorher mir gegenüber sich dahin geäußert, daß er die Jubelfeier als die Mahnung an einen baldigen Tod ansehe. Bereits im October 1867 empfing er, an einer bedenklichen Lungenentzündung erkrankt, die hl. Wegzehrung, doch erholte er sich wieder, freilich nur um so schmerzlicher die Anfeindungen der Kirche, die 1868 und 1869 über die Kirche Gottes hereinbrachen, empfindend. Am 11. April 1869 feierte er das letzte Pontificalamt im Dome zu Ehren des fünfzigjährigen Pristerjubiläums unseres hl. Vaters Pius IX. Er machte im Sommer mehrere Firmungsreisen, doch zunehmende Schwäche, ein gesteigerter Husten und beklemmende Brustbeschwerden fesselten ihn seit Juli an das Zimmer, theilweise an das Bett.

Gleichwohl gedachte er ernstlichst auch jetzt noch immer, dem Rufe des hl. Vaters zum allgemeinen Concil zu folgen; sogar am 22. October schrieb er noch an den hl. Vater bittend, für jetzt ihn zu entschuldigen, wenn er bei der Eröffnung des Concils nicht persönlich anwesend sein könnte, er hoffe im nächsten Jahre seiner Pflicht entsprechen zu können. Der Papst sandte ihm voll Liebe den apostolischen Segen.

Doch die Schwäche wurde immer größer; am ersten Adventsonntage wohnte er knieend der hl. Messe seines lieben Rathes Dr. Molitor bei, kommunicirte und empfing die hl. Oelung und die Generalabsolution. Hierauf bat er seinen Beichtvater Regens Laforet, Alle im Kapitel um Verzeihung zu bitten, wie auch er Allen verzeihe: „Will Gott mein Leben verlängern, so werde ich fortfahren, es für mein Bisthum zu opfern; will mich aber der liebe Gott abrufen, so hoffe ich . . ." Tiefe Rührung mit Thränen unterbrach diese Worte.

Allein die Auflösung war noch nicht so nahe. Noch volle 14 Tage hatte der edle Dulder mit den heftigsten Schmerzen, Husten und Erstickungsanfällen zu kämpfen. Deßhalb konnte er auch nur wenig Zeit im Bette zubringen und nur sehr selten eine kurze Zeit schlummern. Doch bei allen diesen Leiden kam kein Wort der Klage oder der Ungeduld über seine Lippen, er leuchtete Allen, die um ihn waren, als Muster der Starkmuth, Selbstverleugnung und Ergebung in den Willen Gottes und für jeden, auch den geringsten Dienst war er, wie immer, voll Dank. Er ging sogar soweit in der Liebe, daß er den bei ihm abwechſelnd mit ſeinem Diener Faſſot Nachtwache haltenden Domvikaren Weinmann und Schwarz noch viele väterliche Belehrungen und Ermahnungen gab.

Die Schwäche wurde immer größer und in der Nacht vom Sonntag auf Montag den 13. December 1869 nahte die entſcheidende Stunde. Domvikar Weinmann, der bis ein Uhr bei ihm gewacht hatte, vermuthete noch nichts. Nach 3 Uhr erſchien bei dem am Krankenbette wachenden Diener, geiſtlicher Rath Molitor, welcher durch bange Beſorgniß aus dem Schlafe aufgeſchreckt war. Sogleich erkannte dieſer den Augenblick der nahen Auflöſung und ließ darum die Schweſter und Nichte des hochwürdigſten Herrn zum Gebet für den Sterbenden rufen. Als die tiefergriffene Schweſter den Bruder mit dem gewohnten Gruße: „Gelobt ſei Jeſus Chriſtus!" nahte, ſchlug dieſer das ſterbende Auge auf und antwortete vernehmbar: „In Ewigkeit!" Dieß war das letzte Wort, das über ſeine Lippen kam.

O wie ſchön, wie unendlich ſchön!

Unter fortwährendem Gebete der Anweſenden ſchien der ſterbende Dulder einige

Male, wie zum Segnen seine Hand zu erheben und sich mehrmals zu bekreuzen. Rath Molitor traf eben die Vorkehrungen, die hl. Messe im Nebenzimmer, wie gewöhnlich zu lesen. Doch er wurde durch den eiligen Ruf zum Sterbebette abgehalten. Ohne besonderen Todeskampf blieb der gute Nikolaus ruhig und still, bis kurz vor $^3/_4 6$ Uhr sich sein unsterblicher Geist von der irdischen Hülle sanft und leicht trennte.

Kaum eine Stunde später, noch in der Morgendämmerung verkündeten die tiefen Trauertöne der großen Domglocke den schmerzlichen Verlust, den die Stadt und das Bisthum erlitten. Von Mund zu Mund, von Haus zu Haus flog die Trauerkunde und noch am selben Morgen brachte der Telegraph die Botschaft durch die ganze Diöcese, nach allen Gauen Deutschlands, bis zu den versammelten Vätern des Concils.

Die feierliche Beisetzung der irdischen Hülle des Verblichenen in das schon im Juli 1854 links vor dem Treppenaufgange zum Königschore eigenes hergerichtete Grab wurde sofort auf Mittwoch den 15. Dezember festgesetzt. Inzwischen lag seine Leiche im großen Saale der bischöflichen Residenz, da die Hauskapelle für den Zudrang zu klein war, auf dem Paradebette im vollen bischöflichen Ornate. Wie in sanften Schlummer gewiegt, ruhte die irdische Hülle da, ohne eine Entstellung oder Spur schmerzlicher Auflösung in den milden Zügen. Der Zudrang war außerordentlich; ohne Unterschied des religiösen Bekenntnisses und des Standes eilte Alles herbei, um den Geliebten im Todesschlafe zu schauen.

Um 9 Uhr ordnete man sich vom Dome aus zum Zuge in die bischöfliche Residenz. Es war ein erschütternder Anblick, als die große Priesterschaar, über 150, in Chorkleidung mit brennenden Kerzen die Stufen im Dome herabstieg und hart am geöffneten Grabe vorüber lautlos durch die weiten Räume der Kathedrale schritt. Sobald die Leiche am Portale der Wohnung eingesegnet war, übernahmen sie acht Dekane zur Ueberbringung in den Dom. Unzählige Thränen und Seufzer flossen, als diese, ernst und gebeugt mit der theuren Bürde über den Vorplatz zogen und in die Kathedrale eintraten. Der Sarg wurde im Königschor auf dem Gerüste niedergelassen und nun begann die Trauer-Predigt und das Amt. Nachdem letzteres vollendet war, setzte sich der Zug neuerdings in Bewegung, das letzte Geleite zum Grabe unter den tiefergreifenden Tönen des De profundis. O, als der Sarg hinabgelassen wurde, da war der Schmerz ein unendlicher, die Thränen und Seufzer unzählig. Es war, wie wenn von jedem Anwesenden ein Theil des Herzens mit hinabgesunken wäre in jene Gruft, aus der Bischof Nikolaus einst wieder glorreich auferstehen wird zur vollendeten Herrlichkeit des Himmels!

Inhalts-Verzeichniß.

	Seite.
Vorrede	3
I. Die Jugendjahre des Bischof Nikolaus	7
II. Studien des jungen Weis	11
III. Weis als Priester	22
IV. Weis als Bischof	34
a. Bischof Weis als Vertheidiger des kirchlichen Rechtes	37
b. Bischof Weis als guter Hirte seiner Diöcese	41
c. Bischof Weis als guter Hirte seiner Diöcese. Fortsetzung	73
d. Bischof Weis als Lehrer seiner Diöcese	90
e. Die letzte Freude des Bischof Weis und sein Tod	100